天山魔帝

천산마제

일륜 新무협 판타지 소설

FANTASTIC ORIENTAL HEROES

천산마제 2

일륜 新무협 판타지 소설

초판 1쇄 찍은 날 § 2010년 2월 8일
초판 1쇄 펴낸 날 § 2010년 2월 18일

지은이 § 일륜
펴낸이 § 서경석

편집장 § 문혜영
편집 § 서지현 · 주소영

펴낸곳 § 도서출판 청어람
등록번호 § 제1081-1-89호
등록일자 § 1999. 5. 31
어람번호 § 제2-1887호

주소 § 경기도 부천시 원미구 심곡2동 163-2 서경B/D 3F (우) 420-822
전화 § 032-656-4452 팩스 § 032-656-4453
http://www.chungeoram.com
E-mail § chungeoram@chungeoram.com

ⓒ 일륜, 2010

ISBN 978-89-251-2083-6 04810
ISBN 978-89-251-2081-2 (세트)

천산마제
혁련세가
2
天
魔
일루윤 新무협 판타지 소설
FANTASTIC ORIENTAL HEROES
청어람

제1장	어둠 속의 시선	7
제2장	살수 초로	37
제3장	용봉들	71
제4장	그건, 지랄이야	109
제5장	그들은 천산을 넘었느냐?	143
제6장	유리붕권 화, 빙, 풍	177
제7장	혁련세가로	209
제8장	사살(四殺)	243
제9장	풍뢰신장	277

第一章
어둠 속의 시선

천산마제

후드득.

전서구 한 마리가 새벽 야공(夜空)을 헤치며 날아올랐다.

"좌우호법, 오늘부로 나는 당분간 몸을 숨길 것이다. 전서구에 그들이 궁금해할 내용을 모두 적었으니 그대로 전하기만… 음?"

중유가 말을 멈추며 전서구가 사라진 건너편 숲을 주시했다.

"왜 그러십니까, 방주님?"

"아무 소리도 못 들었나?"

"소리라니요?"

좌우호법의 반문에 중유는 조용히 하라는 손짓을 하고는 청각을 곤두세웠다.

아무 소리도 나질 않았다.

"아니다. 무쌍권 때문에 예민해졌나 보다. 이번 일은 소문이 나선 안 된다. 오늘 일을 혁련세가에서 알게 되면 그날로 우린 끝이다."

탁.

나뭇가지 부러지는 소리였다.

세 사람의 시선이 동시에 돌려졌다.

그러나 숲은 적막이 흐를 뿐 변화는 보이지 않았다.

조금 전에 중유의 귀에 들렸던 소리가 이번엔 세 사람의 귀에 모두 들린 것이다.

티딕.

이어진 소리에 세 사람은 누가 먼저랄 것 없이 신형을 날렸다.

"저기다!"

소리가 들린 곳으로 나오자마자 전방 삼십여 장 떨어진 곳에서 인영 하나를 볼 수 있었다.

중유와 두 호법이 내려선 곳은 폐가처럼 보이는 사당이었다. 세 사람은 일제히 주위를 살폈다. 이곳으로 유인한 인영의 기척이 느껴지지 않았다.

"분명 이쪽이 아니었나?"

"이곳으로 들어가는 것을 확인했습니다, 방주님."

중유의 중얼거림에 두 호법이 동시에 대답했다.

"들어가진 않았다."

나이를 짐작할 수 없게 만드는 특이한 억양의 목소리는 세 사람이 집중하고 있던 사당이 아니라 그들의 뒤쪽에서 들려왔다.

세 사람의 눈에 당혹스러움이 떠올랐다.

중유는 천천히 돌아서며 목소리의 주인을 찾았다.

젊었다. 말끔한 옷차림에 무기도 지니고 있지 않았다. 그럼에도 중유는 함부로 입을 열거나 움직일 수가 없었다. 담담한 눈빛으로 흘러나오는 기세가 예사롭지 않았다.

'저 눈, 내 심장을 노리고 있다.'

본능적으로 알 수 있었다.

중유가 눈동자만 돌려 두 호법을 돌아봤다. 그들 역시 중유와 큰 차이가 없어 보였다. 바짝 긴장한 모습이 역력했다.

"자네는 누군가?"

중유의 질문에 청년은 양손을 내린 채 천천히 다가올 뿐 대꾸는 하지 않았다. 그런데도 세 사람은 공격할 틈을 찾지 못했다.

"당신 셋을 아무 곳에도 보내지 않을 사람."

사당의 그림자에서 벗어나며 굵은 눈썹에 갸름한 얼굴의

용악이 나타났다.

"음? 젊군. 설마 자네 혼자서 우릴 죽이기라도 하겠다는 건가?"

중유는 용악의 모습을 보기 전에 느꼈던 두려움이 한꺼번에 사라지는 것을 느꼈다. 젊다는 것은 그만큼 경험이 적다는 것을 뜻하기 때문이다.

"그렇지 않으면 유인할 필요도 없었겠지."

용악은 중유가 무슨 생각을 하는지 관심없었다.

실수는 한 번으로 족했다.

"쉽지는 않을 것이다."

중유가 등 뒤의 도끼자루를 힘껏 쥐자, 두 호법 역시 손을 등 뒤로 가져갔다.

"차라리 암습을 하지 그랬느냐?"

중유의 말투가 달라졌다.

말을 시키며 주위를 둘러봤으나 용악은 혼자 온 것이 확실했다.

"후후후, 암습? 그래서 자고 있는 사람들을 암습한 건가?"

'무쌍권과 일행이다!'

짐작은 하고 있었지만 무쌍권의 얼굴이 떠오르자 세 사람은 움찔거렸다.

"네가 왜 우리를 이곳으로 유인했는지 모르지만, 너는 그냥 무쌍권을 따라갔어야 했다."

“글쎄, 그럴 필요는 못 느끼겠는데?”

“그랬다면 젊은 나이에 죽지는 않을 것 아니냐.”

중유는 말을 끝내는 것과 동시에 호법들과 도끼를 날렸다. 구징효와 싸울 때 사용한 수법이었다.

콰우— 악!

“……”

용악은 회전하는 도끼 뒤로 용악의 죽음을 확신하는 세 사람을 봤다.

콰콰콰!

거친 폭음이 사당 전체를 울렸다.

“헉! 도, 도끼를 맨손으로……!”

세 사람은 쥐고 있던 주먹을 풀었다.

용악이 오른손 하나로 도끼 세 자루를 잡는 모습에 전의를 상실한 것이다.

용악의 뒤로 길게 길이 났다.

중유의 눈이 찢어질 듯 커졌다.

“그 나이에 이화접목(理化接木)을!”

중유의 놀람은 당연했다.

초절정고수가 아니면 함부로 펼치기 힘들다는 수법을 봤다고 여긴 탓이다. 그만큼 용악의 이화유능제는 놀라운 위력을 보였다.

“그게 뭔지는 모르겠지만 너희들이 여기서 죽는다는 건 확실하지. 나는 구노와 다르거든."

"구노?"

"조금 전에 말하지 않았나? 무쌍권이라고."

'무, 무쌍권을 구노라고 부른다고? 무쌍권의 제자가 아니고?'

"너희들은 전서구를 보내지 말아야 했어."

"……!"

세 사람은 동시에 머릿속이 하얘지는 것을 느꼈다.

가장 먼저 정신을 차린 사람은 중유였다.

용악이 어느새 중유의 어깨에 손을 댄 채 다가와 있었다.

"바, 방주님!"

좌우호법이 그제야 용악을 발견하고 동시에 소리치며 용악을 공격했다. 하지만 두 호법은 공격할 때보다 더 빨리 튕겨져 나가야 했다.

"컥!"

"윽!"

쓰러진 두 사람은 안간힘을 다해 일어서려 했으나 그것은 생각으로만 그치고 말았다. 전신 어디에도 힘이 들어가지 않았다.

중유는 날아가는 두 호법을 쳐다보고 싶었으나 몸이 말을 듣지 않았다. 용악의 손이 어깨에 닿는 순간, 중유의 단전은 텅 비기라도 한 것처럼 진기를 끌어올릴 수가 없었다.

죽음을 예감한 중유의 시선이 하늘을 향했다.

어두운 새벽을 촘촘히 박힌 별들이 밝히고 있었다.

'…역시… 지름길은… 없는 건가……'

중유의 입이 끝까지 말을 듣지 않았다.

쿵.

중유의 거대한 몸이 바닥으로 쓰러지며 낸 소리였다.

*　　　*　　　*

먹물을 잔뜩 머금은 붓이 검은 물을 화선지 위에 토해냈다.

천천히 위로, 빠르게 우측으로 방향을 바꿔 날듯이 올라간 붓이 허공에서 멈췄다.

"……"

혁련휘지는 화선지를 노려봤다.

밑 부분이 좀 더 두텁게 뿌리를 내려야 하는데 그렇지 못했다. 또 바위도 없는데 난의 속삭임이 급하게 기울어졌다.

쫙― 쫙―!

벌써 스무 장째 찢어지는 화선지였다.

"현수, 자꾸만 선이 어긋난다. 왜냐?"

그림에 대해 묻는 것이 아니었다.

황보소소를 호위하고 있는 무쌍권에 대한 질문이었다.

"믿을 만한 놈들이냐고 물었더니 뭐라고 했냐? 믿어도 될 것 같다며?”

획—

혁련휘지의 손을 떠난 벼루가 정자 기둥에 부딪쳐 박살났다.

‘보고에 의하면 무쌍권은 혼자가 아니었다. 도대체 누가 도와주는 거지?

구정효를 죽일 수 없을 것 같으면 황보소소만 납치해 데리고 있으라고 했건만 그마저도 실패했다. 그나마 다행인 것은 모두 죽었다는 것이다. 죽은 자는 말이 없으니.

“제가 가서 처리하고 오겠습니다.”

“네가? 뭘? 어떻게?”

“무쌍권을 죽이고 황보소소를 남궁세가로 데려가겠습니다.”

“킥킥. 현수, 그만 웃겨라. 구 년이다! 구 년을 공들인 내 계획을 수포로 돌아가게 만들겠다고? 그건 내가 용납 못하지. 일은 그렇게 처리하는 게 아니야. 완벽해야 해. 화룡점정의 순간을 기다렸다가 그 점을 내가 찍어야 한다는 말이지.”

“……”

“그년이 벌써 안휘성 초입까지 갔다. 서둘러야 해. 누가 적당할까, 누가……. 그년은 건드리지 않고 무쌍권만 쥐도 새도 모르게 죽일 수 있는…….”

“저라면 할 수 있습니다.”

현수가 다시 나섰다.

혁련휘지는 그런 현수를 힐끔 돌아봤다가 고개를 가로저었다.

"안 된다고 했잖아. 너는 이미 무쌍권이 봤잖아. 살수를 써야겠다. 현수, 무쌍권을 처리할 자로 초로(草老) 정도면 될까?"

"초, 초로!"

현수는 깜짝 놀라 외쳤다.

"너도 알고 있냐?"

"제, 제가 알고 있는 초로는 사살(四殺) 중 한 명입니다만……."

"맞아, 그 초로야. 사부님께 부탁해서 이번 일에 써야겠다. 사부님들께는 말씀드리지 않고 끝내려 했는데 어쩔 수 없지."

"……."

현수는 할 말을 잃었다.

사살 중 한 명을 혁련휘지는 아무렇지도 부르겠다고 말한 것이다.

'초로 같은 살수를 언제부터 부리고 계셨던 거지?'

혁련휘지에 대해 많은 것을 알고 있다고 생각했던 현수에겐 다소 충격적인 말이 아닐 수 없었다.

그러나 한 가지는 분명했다.

구정효보다 더 강한 고수를 죽인 자가 바로 초로였다. 그가 나선다면 구정효도 어쩔 수 없을 것이다.

안휘성과 산동성 경계 어림.
이곳은 사방을 둘러봐도 보이는 것이라고는 온통 채소뿐이었다. 그 중앙, 자그마한 모옥이 토끼와 노루 등을 지키듯이 지어져 있었다. 겉에서 보기에는 참으로 조용하고 평화로운 곳이었다.
탁.
채소를 먹던 토끼가 놀란 눈으로 모옥을 돌아봤다.
주변과 어울리지 않는 가죽신 위로 서찰 한 장이 떨어지는 소리였다. 얼마 후 방문이 열리며 가죽신의 주인으로 보이는 촌로가 모습을 드러냈다.
흔히 볼 수 있는 평범한 복장에 평범한 얼굴의 촌로.
그는 어정쩡한 자세로 나와 서찰을 집었다.
서찰을 집는 손은 밭일만으로 만들어진 것이라고 하기엔 지나치게 고왔다.
촌로는 봉투를 이리저리 살핀 후 뜯었다.

무쌍권 구정효. 기한, 열흘. 대가, 자유.

서찰 마지막에는 촌로가 잘 아는 붉은 주먹의 인장이 찍혀 있었다.

"무쌍권? 또 한 목숨이 사라지겠군. 흘흘흘."

화르르!

서찰은 이내 촌로의 손에서 재로 화했다.

촌로는 품 안에서 묵빛 비수를 꺼내 들며 하늘을 올려다봤다. 그의 얼굴 위로 모여드는 햇볕이 무척이나 따스하게 느껴지는 오후였다.

"청성파 대장로를 죽인 게 마지막이었으니까… 삼 년 만인가? 일단은 몸 좀 풀어볼까."

기지개를 켠 후 촌로는 밝은 표정으로 주위를 둘러봤다. 반은 산짐승들이 망쳐 놓아 엉망이었다.

"내가 이 밭을 일굴 때만 해도 산짐승들은 모옥 근처에는 얼씬도 하지 않았지. 살기를 감지하는 건 사람보다 짐승들이 더 뛰어나거든. 이젠 그마저도 사라졌다. 흘흘흘."

만족스러운 웃음이었다.

평생을 살수로 살아온 몸에서 살기를 지운다?

촌로는 번뜩 떠오른 그 생각 하나로 훈련에 돌입했다. 중간에 한 번이라도 임무가 주어졌다면 불가능했을 일이지만 다행히 혁련세가에서는 삼 년 동안 한 번도 부르지 않았다.

이젠 굳이 평범한 척하지 않아도 되는 평범한 촌로가 된 그였다.

살수에게 이보다 더한 공부가 있을까?

초로 무율.

일점홍과 청성파 대장로 청학 진인을 암살한 뒤 사살 중 일인으로 불렸다.

그런 그가 살기를 버렸다.

이 의미가 얼마나 무서운 일인지 사람들은 아직 인지하지 못하고 있었다.

"궁금한 게 많으면 그만큼 일찍 죽을 수 있단다. 흘흘흘."

무율은 아무도 없는 공간에 대고 혼잣말을 한 후 곧장 사라졌다. 기가 막힐 정도로 뛰어난 은신술이 아닐 수 없었다.

잠시 후, 무율이 떠난 모옥에 내려서는 인영이 있었다. 풀을 뜯던 노루며 토끼가 귀를 쫑긋하며 모옥을 바라보다 처음 보는 사람들의 모습에 후닥닥 도망쳤다.

"내가 숨어 있는 걸 눈치채다니 역시 뛰어난 살수답군."

현수는 서찰을 놓고 돌아가지 않았다.

사살 중 초로의 실력을 시험해 보기 위해 숨어 있다가 살짝 호흡을 크게 내쉰 것밖에 없었다. 그 소리를 들을 정도라면 믿을 만했다.

"궁금한 게 많으면 일찍 죽는다고? 그럴 수도 있겠지. 하나 그만큼 살 확률이 높아지기도 하지."

현수의 입가에 초로의 말을 부정하는 웃음이 걸렸다.

*　　　*　　　*

　안휘성 경계에 위치한 단현(單縣)부터 회북(淮北)까지 마차로 움직인 용악은 회남(淮南)까지 가기 위해 다른 마차를 구입했다.

　회원에서 회남까지는 대개가 산길로 이어져 있고 중간에 마땅히 쉴 곳이 없어 산중에 노숙을 해야 했다.

　몇 번의 경험이 있었다고는 해도 황보소소에게 딱딱한 바닥에 요 하나 깔고 자는 것은 여간 힘든 일이 아니었다.

　타닥.

　모닥불에서 불꽃이 튀며 허공에서 잿빛으로 화했다.

　합비로 가기 전에 쉴 수 있는 유일한 곳이 이곳이라더니 사실이었던 모양이다. 심심찮게 사람들의 목소리가 들려왔다.

　"큭. 술이라도 한 병 가지고 올 걸 그랬나. 큭."

　한쪽에서 뒤치락거리던 구징효가 입맛을 다시며 중얼거렸다.

　구징효는 태산을 떠나온 뒤로 술을 마신 기억이 거의 없었다. 이런 상태에서 들려오는 사람들의 웃음소리며 술 냄새의 유혹은 잠을 내쫓고 있었다.

　"한잔할 생각 없냐?"

　용악의 대답을 기대하고 한 말은 아니었으나 들은 척도 안 하자 괜히 심술이 났다.

　"용……."

"잠이 안 와요? 잠 오게 해줄까요?"

"……."

뭐라고 한들 통할 용악이 아니었다.

더구나 용악이 모닥불을 지키고 있는 이상 자리를 떠나는 것도 불가능했다.

"끙."

구징효는 귀를 막으며 옆으로 돌아누웠다.

그 모습에 용악은 실없다 여겼는지 피식 웃고는 숲 냄새를 맡았다.

"숲이 건조해. 장작이 더 필요하려나."

장작으로 쓰기 위해 마른 나무를 주워왔지만 지나치게 불이 잘 붙는 바람에 모자랄 것 같았다.

그때였다.

"……!"

막 장작을 모닥불 안으로 넣으려던 용악의 동작이 멈췄다.

누군가 지켜보고 있는 시선이 느껴졌다.

용악은 장작을 내려놓고 천천히 허리를 펴고 나서 숲 한쪽을 돌아봤다. 숲은 새벽의 짙은 어둠에 집어삼키기라도 한 것처럼 고요했다.

틱.

집중하지 않으면 들을 수 없을 정도의 미약한 움직임이 용악의 귀에 잡혔다. 나뭇가지 하나가 흔들리며 주위 나뭇잎을 건드린 소리였다.

소리도 소리지만 용악이 돌아본 곳으로부터 묘한 기운이 느껴지고 있었다, 아주 옅은 살기가.

용악이 다시 움직인 것은 무려 이각 가까이 흘렀을 때다. 기감을 퍼뜨려 살펴본 결과, 주위 십여 장 이내에는 아무도 없었다.

'내 신경을 건드릴 정도의 살기라면……'

용악은 코를 골며 자고 있는 구징효를 돌아봤다.

깨운다고 안심이 될 얼굴이 아니었다.

아침이 밝았다.

"구노, 일어나요."

용악이 구징효를 깨우며 기지개를 켰다.

구징효는 눈을 비비며 일어나다 용악이 잔 곳을 물끄러미 쳐다봤다. 어젯밤 자기 전의 흔적 그대로였다.

"안 잤냐?"

"잤어요."

"뭘 자. 그대론데."

"새벽에 잠깐 눈 붙였어요."

"새벽에? 왜? 일찍 잘 것처럼 굴더니?"

"자려고 했죠. 한데 누가 옆에서 코를 골며 자는 거예요. 태평한 사람도 한 명쯤 있는 것이 좋을 것 같아 그냥 내버려 됐어요.”

“누, 누가 태평해?”

구징효는 용악이 말한 ‘누가’ 자신이란 것을 알고서 도끼눈을 했다.

“말은, 일어나기나 해요.”

“일어났잖아!”

구징효는 요를 덮은 채로 꼼짝도 안 하면서 버럭 소리부터 질렀다. 이쯤 되면 용악도 화를 내야 정상인데 용악은 귀찮다는 표정으로 황보소소를 깨웠다.

‘큿. 뭐냐, 저 태도는? 간밤에 무슨 일이 있… 을 리가 없지. 저놈이 귀찮은 일이 생겼는데 날 자게 내버려 뒀을 리가 없지. 아무렴.’

괜한 생각이라 여긴 구징효는 자리에서 벌떡 일어났다.

아침 식사는 간단히 육포를 물에 끓여 우러나온 물을 마시는 걸로 끝냈다.

막 식사를 끝냈을 때다.

숲 한쪽 길에서 예닐곱 명은 족히 되는 낯선 무리가 다가왔다. 허리에 찬 검을 보면 무인이 분명한데 구징효를 보는 눈들이 썩 좋아 보이지 않았다.

“여긴 태평이네?”

말을 건 사내는 수염이 덥수룩하게 난 사십대 중년인이었다. 처음 보는 자인데 기분 나쁜 감정을 일부러 드러내고 있었다.

"뭐야, 니들은? 태평? 쿵. 잘 처먹고 잘 처자는데 태평 못할 이유가 뭔데? 왜 새벽부터 시비야?"

구징효가 험상궂은 얼굴을 일그러뜨리며 일어나자 중년인은 화들짝 놀라 뒤로 물러섰다. 구징효의 반응이 너무 즉발적이라 당황한 표정들이었다.

"아, 아니, 그런 것이 아니라… 정말 아무 일도 없었소, 여긴?"

중년인은 꼬리를 내리며 슬그머니 말을 돌렸다.

무슨 일이 있기는 한 것 같은데 살피기만 하고 자초지종은 말할 생각을 하지 않았다.

"아, 그러니까 뭐가? 뭐가 괜찮냐고?"

구징효가 삐딱한 말투로 응대했다.

"당신들은 간밤에 아무 일 없었소?"

"간밤에?"

구징효가 용악을 돌아봤다.

용악이 잠을 안 잔 이유와 사내들이 말하는 것이 묘하게 연관된 것처럼 들린 까닭이다.

"어제 여기서 노숙한 것 맞소?"

텁석부리사내에 이어 보통 체구의 그다지 특징적인 외모를 갖지 못한 중년인이 끼어들었다.

"그렇게 노려볼 게 아니라, 다들 자고 일어나서 시체를 치었는데 여기만 멀쩡하니……. 정말 간밤에 아무 일 없었소?"

"수상해. 여기 수상한 자들이 있소! 여기!"

사내들은 자기들끼리 웅성거리더니 갑자기 누군가를 불러 댔다.

"칵! 이것들이 새벽부터… 꺼져! 안 꺼져?"

구징효가 버럭 짜증을 냈다.

그러자 사내들은 일제히 뒤로 물러섰다 서로 눈빛을 교환 하고는 구징효 등을 포위하기 시작했다.

'새벽의 그 살기…….'

용악은 사내들이 왜 의심스런 눈으로 보는지 알 것 같았다. 일단 사내들을 향해 걸어가는 구징효를 말려야 했다.

"구노, 그만둬요."

"쿵. 나도 그러고 싶지. 한데 이 잡것들이 뭔 일인지도 모 르는 우리를 의심하고 있네? 확, 그냥!"

"구노, 그냥 가요."

"그냥 가자니? 이것들이 우릴 의심하는데 왜 그냥 가? 니 들, 잘 들어. 지난밤에 무슨 일이 있었는지 모르지만 우리에 게 뒤집어씌우려고 했다가는 모두 골로 가는 거야. 알았어?"

구징효가 으름장을 놓고 돌아섰다.

"에이, 그렇게 가시면 정말로 오해받으세요. 잠시 얘기 좀 하죠?"

"……!"

얇은 목소리가 무리를 비집고 나오며 구징효에게 다가왔
다.

구레나룻을 기르고 허리에는 쌍검을 차고 있는 이십대 후
반의 사내였다.

"상린(狀燐)이다!"

무리 중 한 명이 소리쳤다.

"이건 또 뭐야?"

구징효가 인상을 쓰며 사내를 쳐다봤다.

"푸하하! 이거? 처음 들어보는 말이군요. 상린이라고 합니
다."

사내는 얇은 목소리와 어울리지 않게 호탕하게 웃고는 자
신을 소개했다.

"그러니까, 상린이 뭔데?"

"제 별홉니다."

"별호?"

"여의단 안휘지부의 상린 유격입니다. 대협은……."

유격은 계속되는 구징효의 추궁에도 인상 하나 구기지 않
고 웃는 얼굴로 대답했다.

"구징효다."

"아, 구 대협이셨군요. 다른 분들은……."

"보면 모르나. 내 일행이다."

"하하하! 정말 재미있는 분이시군요. 제가 그걸 몰라서 묻

겠습니까? 이름이나 별호를 알려달라는 뜻이었습니다.”

능글거리는 유격의 말에 구징효는 용악을 돌아봤다. 어떻게 했으면 좋겠느냐는 질문이 담긴 눈이었다.

“용악, 네가 알아서 해.”

구징효는 슬쩍 용악의 이름을 말하며 뒤로 빠졌다.

당연히 유격의 시선이 용악에게로 향했다.

“아, 용악. 용 소협이셨군요.”

“…….”

유격의 정중함이 무색할 정도로 용악은 반응이 없었다. 유격은 포권을 취한 채로 가만히 있기 민망해 곧바로 황보소소에게 시선을 돌렸다. 일부러 그런 것이 아니라 자연스럽게 그리 됐다.

“소저께선…….”

“저는 황보세가의 황보소소라고 해요.”

“아! 황보 소저셨군요.”

유격은 황보소소의 단아한 음성에 깜짝 놀란 표정을 지었다. 딱히 놀랄 생각은 없었는데 목소리를 듣는 순간 몸이 굳어버리는 희한한 경험을 한 탓이다.

구징효에서부터 황보소소까지 어느 한 사람도 평범해 보이지 않았다.

“두 분은 황보세가의 식객이세요. 십이용봉대회에 참가하러 가는 길이거든요.”

"아, 네에… 식객……."

유격은 다소 의외라는 표정을 지었다.

대개 식객들은 사람 사귀길 좋아하는 부류가 많아서 성격이 둥글둥글했다. 용악이나 구징효처럼 까칠해선 오래 버틸 수 없는 까닭이다.

"이름을 모두 밝혔는데도 아직 하실 말씀이 남으셨는지요?"

"예? 없습니다, 소저. 신원이 확실하신데 무슨 할 말이 남아 있겠습니까, 하하하!"

살수가 나타났다는 보고에 잠도 못 자고 숲으로 달려왔건만 실마리도 찾지 못하게 됐다.

유격이 복잡한 표정으로 물러서자 용악이 먼저 황보소소와 함께 마차에 올라탔다.

'저자… 은근히 신경 쓰이네.'

용악과는 눈도 마주치지 않았는데 이상하게도 사람을 위축시키는 무언가가 있었다.

*　　　*　　　*

안휘성 성도 합비(合肥).

북에는 회하, 남으로는 장강, 거기에 동비천과 서비천이 합류한다 해서 합비라 불렸다.

황보소소는 전부터 주변 경관을 둘러보느라 정신이 하나도 없었으나, 막상 합비의 중심지로 들어서자 깜짝 놀라고 말았다.

합비의 낮과 밤은 크게 달랐다.

조용하고 잔잔한 발걸음들이 빠르고 시끄럽게 변했고, 각양각색의 화려한 등(燈)이 거리를 넘실댔다.

물이 모이는 곳에 사람이 모이는 것은 당연한 일.

물 만난 물고기들처럼 많은 사람들이 청루와 홍루를 쉴 새 없이 복작거리게 만들었다.

용악은 주루 이층에 앉아 식사를 하고 있었다.

흥청거리는 거리의 실랑이며, 고기 삶는 수증기며, 사람들이 옆구리에 찬 동전 짤랑이는 소리까지 무척 다채로웠다.

천산에서 황보세가까지 가는 동안 어쩌면 봤을 수도 있는 모습들이었으나 그때는 혼자이기에 그다지 신경 쓰이지 않았다.

"구 대협, 남궁세가까지 가려면 많이 남았나요?"

"여기가 합비이니 그리 많이 남지는 않았소. 소호를 건너기만 하면 하루거리니… 사나흘 정도 걸리겠군. 왜 그러시오, 소저?"

"아니에요."

황보소소는 면사를 쓰고 있어 안 보일 거라 여겼는지 볼을 부풀린 채 고개를 돌렸다.

그 모습을 용악은 놓치지 않았다.

뭔가 마음에 들지 않는 것이 있을 때면 짓는 표정이었다.

"어딜 그렇게 유심히 보는 거예요, 소저?"

"예? 아니, 저… 저기요. 불상이 저렇게 거대한 건 처음 보거든요."

"불상이오?"

용악은 황보소소가 가리키는 곳을 쳐다봤다.

주루에서 보이는 호수 건너편 벽에 조각된 불상이 보였다.

"쿵. 소저, 구화산에 가면 저 정도 불상은 아무것도 아니오. 그곳에는 산 전체가 불상이라고 해도 과언이 아닐 정도로 많은 불상이 있다오."

구징효가 아는 척을 하며 나섰다.

"어머, 정말로 저 불상보다 커요?"

황보소소가 의외로 깜짝 놀라며 반문했다.

그 모습에 용악은 눈을 껌뻑거렸다.

불상을 구경하는 것에 황보소소가 관심을 보일 줄은 몰랐던 까닭이다.

"거기서 본 불상 중 가장 큰 건 돌산 전체를 조각해서 만든 것인데… 쿵, 그냥 산이라고 생각하면 틀림없소."

"세상에……."

황보소소는 양손을 모으며 상상만 해도 좋은 듯 기뻐했다.
그 모습에 구징효는 자신도 모르게 너털웃음을 터뜨렸다.

“클클, 언제고 꼭 보여 드리리다.”

“약속하신 거예요, 구 대협? 세상에, 불상이 산처럼 크다면 얼마나 큰 거죠?”

목소리만으로도 황보소소가 얼마나 신기해하는지 여실히 느낄 수 있었다.

‘그러고 보니 한 번도 제대로 쉬어간 적이 없네.’

용악은 그동안 황보소소가 한 번도 지친 기색을 보이지 않았던 것을 떠올렸다. 대단한 인내력이 아닐 수 없었다.

황보소소가 유심히 바라보던 불상 쪽을 돌아봤다. 주루에서 그리 멀지 않았다. 다녀온다고 해도 내일 출발하는 데 큰 지장은 없을 정도의 거리였다.

“큼. 그럼 말 나온 김에 저곳이나 구경 가겠소?”

용악이 말을 하기도 전에 구징효가 대뜸 물었다.

“저, 정말요? 좋아요!”

황보소소의 목소리가 커지며 당장에라도 떠날 사람처럼 자리에서 일어났다. 하나 용악의 허락 없인 안 된다는 것을 알기에 힘없이 다시 자리에 앉았다.

“다녀오죠, 뭐. 안 그래도 초저녁부터 잠자리에 들긴 그랬어요. 가요, 소저.”

“정말요? 그래도 돼요?”

용악의 말이 끝나기가 무섭게 황보소소는 어린아이처럼 눈을 반짝이며 되물었다.

“그럼요.”

용악은 황보소소의 기뻐하는 모습에 먼저 자리에서 일어났다.

“큭. 자, 말 나온 김에 가자구.”

구징효는 황보소소와 나란히 주루를 나서며 이런저런 얘기를 해주었다. 얘기 중에는 세 사람이 향하는 명교사(明敎寺)에 대한 것도 있었다.

일다경가량 걸어서 도착한 명교사는 주루에서 볼 때보다 높은 곳에 위치하고 있어 낮에 오지 못한 것이 아쉬울 정도였다.

“멋있어요.”

황보소소는 바람에 날리는 머리카락을 한 손으로 쓸어 넘기며 희미하게 보이는 자연 경관에 감탄했다.

달빛이 비추는 작은 호수와 불빛에 물든 것처럼 번져 있는 건물들이 한 폭의 묵화처럼 느껴진 탓이다.

“크흠. 멋있죠, 황보 소저?”

“예.”

“이왕 왔으니 해봅시다.”

“예? 뭘요?”

“소원을 비는 탑 말이오.”

“아!”

황보소소는 그제야 구징효가 걸어오면서 했던 탑의 전설

에 대해 떠올리며 눈을 빛냈다.

저녁인데도 절로 들어가는 사람들이 꽤 많았다.

세 사람은 대웅전도 없이 본전만 하나 남은 명교사의 뒤쪽으로 돌아가 오층석탑 앞에 섰다. 이미 많은 사람들이 그 주위를 돌고 있었다.

'응?

용악의 미간이 좁아졌다.

어둠 속.

누군가가 자신을 훔쳐보고 있는 것이 느껴졌다.

'이 느낌은…….'

용악은 시선을 돌려 주위를 살폈다.

그때, 용악과 눈이 마주치자마자 재빨리 눈을 피하는 사람이 있었다.

"구노, 잠시 소저 곁에 있어요."

"어딜 가게?"

"잠시……."

용악이 빠르게 사람 사이를 헤치며 눈이 마주쳤던 사내를 쫓아가려 했다.

그러나 구정효를 돌아본 그 잠깐 사이, 사내는 사람들과 뒤섞여 어디론가 사라지고 없었다.

"안 가?"

"안 가도 될 것 같네요."

"쿵. 뭐야?"

구징효가 이상한 눈으로 용악을 쳐다봤다.

그런 용악 등을 지켜보는 눈이 뒤쪽에 있었다.

누가 봐도 근방에 사는 농부처럼 보이는 한 노인이.

第二章
살수 초로

주루로 돌아온 황보소소는 기분 좋게 방으로 올라갔다. 멀리서 볼 때보다 더 거대한 불상에 감탄했고, 탑을 돌며 소원을 비는 것도 무척 즐거웠던 모양이다.

"큼. 기분이 좀 나아지셨소?"

구징효는 황보소소의 기쁜 표정에 어깨를 으쓱거리며 물었다.

"네, 모두 구 대협 덕분이에요."

"큼큼. 내 덕분은 무슨."

"오늘 본 광경은 평생 잊지 못할 거예요."

"그럼 나야 좋고. 용악, 너는 할 말 없냐?"

구징효는 황보소소의 칭찬에 만족스런 표정을 짓고는 용악에게도 말할 기회를 주었다.

"있죠, 왜 없어요."

"오, 그래? 뭔데?"

구징효의 눈이 크게 떠졌다.

용악도 뭔가 좋은 말을 하려는 것 같았기 때문이다.

"역시 구노예요."

용악은 엄지를 치켜들며 씨익 웃었다.

"역시?"

구노는 용악의 태도가 평소와 달라지자 의심스러운 눈을 했다.

"역시 말이 많다고요. 도대체 그동안 말하고 싶어서 어떻게 참았어요?"

"킁. 내가 네 입에서 무슨 말이 나오나 했다. 황보 소저의 심성 좀 보고 배워……."

구징효가 또다시 말을 시작하려 하자 용악은 대뜸 외면하며 황보소소에게 들어가라는 손짓을 했다.

"호호호! 두 분, 너무 다투지 말고 주무세요. 오늘 정말 감사했어요."

황보소소는 이제 어느 정도 적응이 됐는지 두 사람의 아옹다옹하는 모습을 보면서도 활짝 웃을 수 있었다.

"내가 무슨 말을… 어이, 용악! 야!"

구징효는 황보소소가 방으로 들어가자 용악에게 한소리 하려고 했으나, 용악은 아무 소리 안 들리는 사람처럼 방으로 들어갔다.

"내가 뭐가 아쉬워서 이런 대접을 받아야 하는 거냐고. 쿵."

구징효는 허공에 대고 툴툴거린 후 뒷골이 뻐근한지 목을 주무르며 방문을 열었다.

주루 담장 위.

여덟 명의 그림자가 일어섰다.

제일 마지막으로 들어간 구징효의 방 불이 켜지는 것을 확인하고서야 모습을 드러낸 것이다.

"저 방이 확실하냐?"

"명교사에서부터 확인했습니다."

"너희 셋은 안을 감시하고 나머진 나와 밖에서 감시한다."

"예."

짧게 대답한 인영들이 막 움직이려 할 때였다.

"이보게들."

여덟 명의 신형이 동시에 멈췄다.

명령을 내린 자가 제일 먼저 뒤를 돌아봤다.

구부정하게 허리를 굽히고 선 노인.

어디서나 흔히 볼 수 있는 외모였으나 문제는 그의 발밑이었다. 아무것도 밟지 않고 허공에 떠 있는 것이다.

여덟 명은 누가 먼저랄 것도 없이 일제히 공격하려 했다. 하나 그들이 검에 손을 대려는 찰나, 여덟 개의 섬광이 노인의 몸에서 빠져나왔다.

슈— 왁!

노인의 손을 빠져나온 묵빛 광채는 여덟 명의 목을 꿰뚫은 후에야 거둬졌다.

짐승들을 죽이는 느낌과는 비교도 할 수 없는 쾌감을 느끼며 잠시 그대로 있다가 시체 중 하나를 뒤집었다.

"보름이나 기다렸는데… 조심성없는 놈들."

명교사에서 용악이 본 그 사내였다.

무율은 곧 담 위에 묻은 피를 증발시키고는 이내 어둠 속으로 모습을 감추었다.

*　　　*　　　*

여의단 안휘 지부 지부장 제운현허 익교문.

무당파 출신으로 제운종과 현허도법의 성취가 기수 제일이란 평가를 받고 있는 자다.

서른일곱의 젊은 나이였지만 입단 십오 년 만에 지부장 자리에 올랐다. 그럴 만한 충분한 실력과 능력을 가지고 있는 것이다.

"보고하게, 유 대장."

익교문 특유의 굵은 목소리가 나왔다.

"숲에서 일어난 사건의 피해자는 모두 열두 명입니다. 합비로 가는 도중에 당했고 반항한 흔적은 없었습니다. 한 사람의 소행으로… 하나같이 천돌혈에 구멍이 뚫려 있었습니다."

유격이 빠르게 보고했다.

"천돌혈?"

"삼 년 전, 청성파 대장로님이 초로에 의해 암살당하셨을 때와 같은 흔적입니다."

"초로?"

익교문의 눈에 이채가 번뜩였다.

"예. 일단 흔적만 갖고 판단하자면 그렇습니다."

"이상하군. 자네 말이 사실이라면 초로가 안휘성에 들어왔다는 말인데, 왜? 삼 년 만에 갑자기, 그것도 자신이 그랬다는 흔적을 남겼을까?"

익교문의 혼잣말을 듣고 있던 유격은 문득 숲에서 봤던 용악 등이 떠올랐다, 특히 한 번도 표정에 변화가 없었던 젊은 청년이.

'조사에 의하면 그 주루에 그들도 묵었다고 하던데……'

이내 고개를 가로저었다.

말도 안 되는 생각이라 여긴 것이다.

"유 대장, 뭔가?"

"예? 아닙니다. 잠시 딴생각이 들어서 그랬습니다."

"딴생각? 뭔가?"

망설이는 유격을 보며 익교문은 평소와 다르다고 생각했다. 할 말이 있으면 저런 식으로 회피할 사람이 아니란 걸 잘 아는 까닭이다.

"…숲에서 만난 사람들 중에 유일하게 아무도 죽지 않은 무리가 있었습니다. 다들 당황하며 부랴부랴 숲을 떠나는데 그 일행만 여유가 있었지요."

"그들의 신분은 파악했나?"

"여인 한 명에 사십대 중년인과 이십대 청년이었습니다. 여인의 이름은 황보소소, 십이용봉대회에 참석하러 가는 것이라 판단됩니다. 사내 둘은 황보세가의 식객이라고 하는데 이름이… 구징효와 용악이라고 했습니다."

"누구?"

익교문이 유격의 말을 제지하기 위해 손을 들었다.

"예? 황보……."

"아니, 아니. 끝에 말한 이름."

"구징효와 용악이라고……."

"구징효란 자의 특징은?"

"덩치가 꽤 크고 얼굴에는 긴 검상까지 나 있었습니다."

탕!

익교문이 갑자기 손바닥으로 탁자를 내려쳤다.

“무쌍권 구징효다!”

“예?”

“무쌍권에 대해 못 들어봤나, 유 대장?”

“무쌍권이야 들어봤지요.”

“무쌍권의 이름이 바로 구징효다.”

“그, 그렇다면…….”

“초로일 확률이 높아졌다. 유 대장, 그 셋을 최대한 빨리 수소문하고 참격(斬擊), 진권(眞拳)을 부르게. 나도 곧 따라가 겠다.”

“지부장님께서 직접 말입니까?”

“초로가 왜 무쌍권을 노리지?”

“그건 확인된 것이 아니라 순전히 제 생각…….”

“자네 말이 맞을 거야. 보고하고 올 테니 당장 출발할 준비 를 하도록 하게.”

“예? 보, 보고라니요?”

유격이 알고 있는 한 안휘 지부에서 익교문보다 더 높은 사 람은 없었다. 적어도 숲에서 돌아오기 전까지 누군가가 방문 하지 않았다면.

그러나 익교문의 명령이 떨어진 이상, 실천부터 해야 했다.

*　　　*　　　*

밤늦은 시각, 주루 안으로 노인 한 명이 들어왔다.

노인은 들어오자마자 주루 문을 닫았다.

"어서 옵……."

점소이는 졸린 눈을 비비며 잽싸게 일어났다가 노인의 행색이 말이 아닌 것을 보고 나가라는 손짓과 함께 짜증스런 표정을 지었다.

"클클. 너무 박대하지 말게나. 손녀를 찾아왔네. 우리 소소가 여기에 묵었다고 하던데… 알려주지 않을 텐가?"

"노인장, 술 마실 돈 있수?"

"술? 술은 생각없다."

"그럼 나도 노인장 질문에 대답할 생각 없다. 킥킥."

점소이는 노인의 말투를 흉내 내며 키득거리다 천천히 노인에게 다가갔다.

미친 노인을 내쫓기 위해서였다.

그러나 노인은 점소이가 다가오는 것을 빤히 바라보면서도 아무런 행동도 취하지 않았다.

"우리 손녀는 정말 예쁘다네."

"아, 정말!"

점소이는 버럭 소리를 지르며 노인의 양팔을 붙잡으려 했다.

그때였다.

번쩍!

　노인의 손에서 묵빛 광채가 빠져나와 점소이의 목을 뚫어 버리고는 이내 술 마시고 있던 주루 안의 모든 손님들의 목을 꿰뚫어 버리고 말았다.

　"클클, 이제 좀 조용해졌군. 노부는 시끄러운 걸 몹시 싫어 해서 말이지."

　초로로 돌아온 무율은 이미 처리한 주방을 힐끗 쳐다보고 는 계단으로 이동했다. 손을 쓰는 동안 무율은 살기를 전혀 일으키지 않았다.

　죽인다는 생각조차 하지 않고 손을 쓴 까닭에 살기를 일으 킬 필요가 없었다.

　계단에 올라서서 옆으로 돌아섰다.

　아무도 밖으로 나오는 자가 없었다.

　무율은 만족스러운 웃음과 함께 구징효가 잠든 방 앞에 섰 다.

　'불규칙한 숨소리… 혼자다.'

　무율은 구징효의 숨소리라 확신이 들자 문아래 틈으로 미 세한 분말을 불어 넣었다.

　속으로 열까지 센 후 주저없이 문고리를 잡았다.

　이제 방 안의 구징효만 죽이면 끝이었다.

　자유를 찾는 것이다.

　막 방문에 손을 대려 할 때였다.

　"……!"

무율의 신경을 건드리는 무언가가 아래쪽에 있음을 감지
할 수 있었다. 거기뿐만이 아니었다. 복도 끝에서도 인기척이
느껴졌다.

"손녀를 만나는 게 이리 어려워서야. 클클."

무율은 문고리에서 손을 떼는 것과 동시에 복도를 밝히는
횃불을 꺼버렸다.

팟.

무율의 신형이 순식간에 어둠과 동화되며 자리에서 사라
졌다. 마치 어둠이 무율을 감싸 버리기라도 한 것처럼 자연스
럽게.

"절대 놓치지 마라!"

아래쪽에서 내공 실린 묵직한 음성이 주루를 쩌렁하게 울
렸다. 이내 주루 안으로 상당히 많은 인영이 들이닥쳤다.

"유 대장!"

복도 끝에 모습을 드러낸 사람은 유격이었다.

무율이 조금 전 방 안으로 무언가 불어 넣는 것을 봤다. 알
려줘야 하지만 아래쪽에서 익교문의 외침이 한 번 더 들려왔
다.

"유 대장!"

'초로만 잡으면…….'

유격은 그대로 몸을 아래쪽으로 떨어뜨렸다.

황보소소는 문 앞에서 들려오는 다급한 목소리들에 잔뜩 놀라 손으로 입을 막고 있었다.

잠자리에 들려 하는데 용악이 문을 두드렸다. 불은 켜지 말고 옷을 입으라고 했다. 평소 용악의 목소리가 아니었다.

황보소소의 방으로 들어온 용악은 곧바로 벽을 부순 후 구징효에게 오라고 손짓했다. 갑작스런 상황에 구징효가 용악에게 소리를 지르려 했으나 용악의 손이 그보다 빨랐다.

'신기해.'

황보소소는 조금 전에 용악이 보여준 마술과 같은 행동을 잊을 수가 없었다.

구징효의 방에 뿌려진 연기가 용악의 손짓에 의해 돌개바람처럼 휘돌다 창문 밖으로 빠져나갔기 때문이다.

밖이 잠잠해졌다.

"용 소협, 이젠 나가도……."

용악이 손가락을 입에 대며 조용히 시켰다.

정적은 한동안 지속됐다.

이윽고 용악이 천천히 일어나 구징효의 방문 앞에 서며 창문으로 들어온 달빛을 가렸다.

'왜 저런 자세로…….'

황보소소의 눈이 동그랗게 떠졌다.

용악이 갑자기 양손을 들어 문틀을 움켜쥐었기 때문이다.

끄— 그극!

나무가 비틀리는 음향이 흘렀다.

황보소소에겐 조용히 하라고 해놓고 오히려 기이한 소리를 낸다?

궁금증이 커져 갈 때였다.

"오래 기다렸다. 다들 다른 곳으로 갔으니."

용악이 혼잣말을 했다.

'뭐지?'

용악의 행동을 지켜보던 황보소소는 구징효를 돌아보며 고개를 갸웃거렸다. 왜 저러는지 이유를 알려달라는 무언의 질문이었다.

적어도 다음에 벌어지는 광경을 보기 전까지는 그랬다.

끄으ー 끄끄끄!

문틀은 더 이상 참을 수 없다는 듯 비명을 질러대며 결국 버티다 못해 터져 나가고 말았다.

파학!

용악의 왼손은 문틀에, 오른손에는 뜯어낸 문틀 조각이 쥐어져 있었다.

황보소소는 분명 거기까진 볼 수 있었다.

퍽!

'어?'

조금 전까지 분명 쥐고 있던 문틀 조각이 용악의 손에서 사라졌다.

황보소소는 문틀 조각을 찾아 눈을 이리저리 돌렸다.

그때, 용악이 문틀 위쪽을 올려다보는 것을 봤다.

'아!

조금 전 들렸던 소리의 정체를 알았다.

문틀 조각이 위쪽 벽에 박히면서 낸 소리였다.

용악은 그 뒤로 움직이지 않았다.

'문틀을 잡아 뜯는 것까지는 봤는데… 언제 저곳으로 던진 거지?

황보소소의 멍한 눈이 문 위쪽 벽에 박힌 나무를 따라 내려갔다.

뚝.

바닥으로 떨어진 한 방울.

달빛과 섞여 정확한 색을 판단하긴 힘들었으나 붉은색 같았다. 먼저 떨어진 액체 위로 다시 한 방울이 더 떨어졌다.

뚝.

"…피?"

"가요, 소저."

"예?"

"도망쳤네요."

용악이 심드렁하게 말한 뒤 이마를 긁적이며 문을 나서려 했다.

"자, 잠깐만요. 흐익! 피!"

용악을 따라가려던 황보소소가 기겁을 하며 뒤로 물러섰
다.

"크큭, 누군지 운도 더럽게 없는 놈이구나. 하필이면 네게
걸리다니."

구징효는 기괴한 웃음과 함께 처음으로 입을 열었다.

황보소소는 방을 나서자마자 문틀 조각이 박힌 곳을 올려
다봤다.

문틀 조각이 반쯤 벽을 뚫고 나와 있었다. 피를 잔뜩 머금
은 채.

"누구……."

"살수였어요."

"살수요?"

"예. 여기서 잠자긴 틀렸네요. 다른 곳으로 가요."

용악이 아래층에 널브러져 있는 시체들을 보며 고개를 가
로저었다.

"쿵. 아무리 생각해도 이상하다, 용악."

"그러게요."

"뭐가 이상하다는 건지나 듣고……."

"황보 소저가 아니라 구노였어요."

"…그러니까 왜 나냐고."

"모르죠. 방을 잘못 찾았을 수도 있고요."

딱!

갑자기 구정효가 손가락을 튕겼다.

"그거다! 놈들이 드디어 내가 황보 소저와 동행한다는 사실을 안 거다! 이럴 줄 알고 조심했는데……."

"……."

용악이 당황한 표정으로 구정효를 쳐다봤다.

농담인 줄 알고 웃어줄 준비까지 마친 상태였으나 구정효의 표정을 보고는 웃을 수가 없었다.

무척 진지했다.

용악은 지친 얼굴로 계단을 향해 움직였다.

"용 소협, 살수가 그곳에 있는 줄 어떻게 알았어요?"

황보소소가 호기심 가득한 눈으로 용악의 곁에 바짝 붙어섰다.

"예전에 비슷한 경험을 한 적이 있어서 알았어요."

"비슷… 살수와 싸워봤다는 말씀이세요?"

"그랬죠. 한참 전이에요."

용악은 설명해 봐야 황보소소가 알아들을 리 없기에 짧게 대답하고 말았다.

'조화수(造化手)에게 고맙다고 해야 하는 건가?'

조화수는 천산의 수많은 고수들도 피하는 살수였다.

내리는 눈과 흐르는 물에도 몸을 숨길 수 있다고 했다. 그런 살수를 왜 굳이 상대했는지는 지금도 알 수 없었다.

상대하는 것 자체가 어리석은 일이었기 때문이다. 하나 그런 조화수도, 자연과 조화를 이룬 살수라는 그도 용악을 죽이진 못했다.

조화수를 상대할 당시, 용악은 막 천벽(千壁)의 단계를 넘었다. 물체에 기벽을 싣는 단계에서 무형의 벽을 유형화시키는 단계로 넘어선 것이다.

조화수는 죽기 전에 물었다. 자연과 조화를 이룬 자신의 기척을 어떻게 알았느냐고. 용악은 몰랐다고 대답해 주었다. 의식하지 않아도 느껴지는 것을 어쩌겠느냐고.

무율은 살기와 체온을 감추었으나 기벽을 피해갈 수는 없었다.

용악은 일홉 나선투로 문틀을 뜯는 것과 동시에 기벽에 걸린 무율의 감지했다. 그리고는 이화유능제를 일으켜 일시간 그의 기를 단절시켜 놓은 것이다.

'문틀 조각이 벽에 박힐 때 몸을 떨어뜨렸어. 순발력 하난 인정해 주지.'

문틀 조각이 박힌 위치는 심장에서 약간 벗어나긴 했지만 오랫동안 움직이긴 힘들 것이다.

천산에서의 짜릿했던 밤을 떠올리자 용악은 특유의 담담한 웃음이 나오고 말았다.

"여기 핏자국이 있습니다!"
누군가가 소리쳤다.

익교문이 제일 먼저 그 자리로 떨어져 내렸고, 그 뒤를 유격이 따랐다.

"유 대장, 초로를 발견한 모양이다. 가서 황보 소저 등이 무사한지 살펴보도록 하라. 나는 초로를 뒤쫓겠다."

"예? 초로가 상처를 입었다는 말씀이십니까?"

"자네와 나를 빼면 초로에게 상처를 입힐 사람이 누가 있나?"

'참격과 진권!'

유격은 두 사람을 생각해 내고는 곧바로 주루로 다시 들어갔다.

그러나 무율이 노리던 방으로 되돌아왔을 때는 바닥에 떨어져 있는 핏자국과 벽을 뚫고 나온 나뭇조각이 전부였다.

"이게 무슨… 황보 소저? 구 대협 안에 계십니까?"

안에서는 아무런 대답이 없었다.

유격은 급히 문을 열고 안으로 들어갔다.

텅 빈 실내와 뚫려진 옆방 벽.

"아……."

끼이익―

문이 흔들리며 듣기 싫은 소음을 냈다.

문틀이 망가진 문이 낸 소리였다.

익교문은 유격보다 반 시진가량 늦게 구징효의 엉망이 된

방으로 되돌아왔다.

뚫린 벽과 부서진 문, 나뭇조각 박힌 문.

익교문이 무율을 쫓아가기 전과 완전히 달라진 광경이었
다.

'초로가 죽으며 했던 말과 관련이 있는 건가?'

핏자국은 익교문의 예상대로 초로의 것이었다. 하나 참격
과 진권이 만든 상처는 아니었다. 오히려 두 사람은 초로를
놓쳐 난처해하고 있었다.

익교문은 초로의 행동반경을 예상해 퇴로를 막음과 동시
에 초로가 부하들의 모습으로 섞여 있을지 몰라 벽을 등지고
서라고 했다.

예상은 맞았다.

익교문의 명령이 떨어진 직후 누군가 담을 뛰어넘으려 했
다. 하나 상처 입은 초로의 신법으로는 익교문의 도를 벗어날
수 없었다.

"그놈만 아니었어도… 자유… 자유……."

초로가 죽어가면서 한 말이었다.

그놈과 자유.

익교문의 신경을 건드리는 두 마디였다.

사살 중 한 명을 죽이면서 희생자가 없다는 것은 대단한 성

과라며 참격과 진권이 축하했으나 익교문은 곧장 이곳으로 온 것이다.

'저 나뭇조각에 묻은 피… 참격과 진권은 초로를 공격한 적이 없다고 했다. 도대체 누가……'

익교문이 인상을 쓰며 나뭇조각과 바닥의 피를 번갈아 쳐다봤다.

"익 지부장, 왜 그리 인상을 쓰고 있나?"

"……!"

언제 나타났는지 익교문의 뒤에 한 청년이 백의를 입은 채 조용히 서 있었다. 그 누구도 청년이 익교문을 부르기 전까지는 기척을 알아차리지 못했다.

"총령을 뵙습니다."

익교문은 재빨리 포권을 취하며 허리를 숙였다.

여의단 안휘 지부 지부장이 허리를 숙인다?

유격은 물론 참격과 진권은 동시에 입을 쩍 벌렸다.

"뭣들 하나, 여의총령께 인사드리지 않고!"

"여, 여의총령!"

"사마화인이다."

사람들의 놀람을 뒤로하고 청년은 자신의 이름을 밝힘과 동시에 손을 내저었다. 격식을 차릴 필요 없다는 자연스러운 행동이었다.

그러나 유격과 참격, 진권의 입장에선 고개도 들지 못할 정도로 높은 신분이었다. 셋은 허리를 구십 도로 숙인 채 일어나지 못했다.

"됐으니 고개들 들어."

"네, 총령!"

"익 지부장, 초로를 찾은 모양이지?"

"예? 그걸 어찌……."

아무에게도 말하지 않고 나왔건만 사마화인은 모두 다 알고 있다는 듯 쉽게 묻고 있었다.

"봤으니 알지. 저것 말이야."

사마화인이 문틀 조각이 박힌 벽을 가리키며 말을 이었다.

"아쉽게도 저 나무가 박힌 후에 왔어. 그나저나 익 지부장, 저 나무가 어떤 수법으로 벽을 뚫고 나왔는지 아나? 내 생각엔 말이지, 더도 덜도 아닌 딱 조만큼만 튀어나오게 한 것 같아. 딱 상처를 입히게끔 손을 썼다는 뜻이지."

사마화인은 의미심장한 눈으로 벽을 뚫고 나온 문틀 조각을 바라봤다.

"…총령께서 손을 쓰신 게 아닙니까?"

"내가? 나는 저 나무가 박힌 후에야 왔다고 했잖아."

"그럼 누가……."

익교문의 얼굴에 당황한 표정이 역력했다.

"봐봐, 나무와 벽이 완전히 일치해. 마치 한 몸처럼 말이지. 저건 힘으로 박은 것도 아니고, 회전을 시킨 것도 아니야.

이를테면… 벽이 물러졌다가 나무와 일체가 된 것 같다고나 할까?"

"도대체 누굽니까, 저렇게 만든 사람이?"

"궁금하지? 의외로 젊더라구. 내 또래 정도? 잘생겼어. 거기에 배포까지 대단해서, 이곳이 자기 집이라도 되는 것처럼 양손을 이렇게… 이렇게 머리 뒤로 겹친 채 나를 쳐다봤다니까?"

"어디에 잡아두셨습니까?"

"잡아? 왜?"

"예?"

"익 지부장을 본 모양이야. 일행이냐고 해서 일행이라고 했더니 알았다며 면사 쓴 여인을 데리고 가더라구. 하하하!"

호탕하게 웃는 사마화인의 얼굴 위로 달빛이 비쳤다.

굵은 눈썹이 약간 아래로 처져 착해 보이는 얼굴이었고, 부드럽게 각진 턱은 고집을 느끼게 해주었으며, 환한 미소에는 호방함이 담긴 백의의 미남이었다.

'저 사람이 여의총령이구나. 이십대일 줄이야. 천재라는 소문만 들었지 실제로 보는 건 처음이다. 한데 왜 이곳에 와 계신 거지?

유격은 여의총령에 대해 귀가 따가울 정도로 많은 얘기를 들었다. 대부분은 외모와 신분에 대한 얘기였다.

그중 유격의 젊은 혈기를 자극한 한마디가 있었다.

바로 현 여의총령만이 당대에 여의단주를 뛰어넘을 것이라는.

강호 전체를 통틀어 열 손가락 안에 꼽을 수 있는 고수인 여의단주를 무공으로 뛰어넘는다?

유격은 그 말을 들을 당시에 강하게 부정했다.

그런 사람이 지금 눈앞에 있다.

"초로를 제압한 자가 따로 있다는 말씀이십니까?"

익교문은 믿기 힘든 표정으로 반문하면서도 사마화인이 누군가를 자랑하는 것일지도 모른다는 생각을 했다. 하나, 익교문이 알기로는 사마화인에게 친구는 없었다.

그렇게 자라왔기 때문이다.

그때 가만히 듣고만 있던 유격이 눈을 크게 치떴다.

'황보 소저를 구해간 청년이 혹시!'

문득 숲에서 봤던 구징효의 일행 중 용악이 떠오른 까닭이다.

"지부장님, 그 청년이 누군지 알 것 같습니다."

유격이 반보 앞으로 나서며 말했다.

"그자를 안다고?"

사마화인이 이채를 발하며 유격을 쳐다봤다.

"예. 예?"

유격은 사마화인의 눈을 마주 봤다가 자신도 모르게 급히 고개를 숙였다. 사마화인과 눈이 마주치는 순간 묵직한 쇠구

슬이 눈동자에 박히는 착각이 든 탓이다.

"수, 숲에서 봤던 일행 중 한 명일 겁니다."

"숲이라면… 무쌍권?"

익교문이 유격의 말을 알아듣고 물었다.

"무쌍권이라니?"

사마화인이 되물었다.

"황보세가의 여식과 동행하고 있는 식객 중 한 명이 무쌍권 구징효라고 했답니다."

"황보세가?"

사마화인의 눈빛이 갑자기 빛을 뿌렸다.

익교문의 표정이 어두워졌다.

"익 지부장, 나는 강호에서 벌어지는 사건들에는 별 관심이 없어. 항상 똑같고, 똑같고, 똑같고."

"그럼 총령께선 안휘성까지 왜 오신 겁니까?"

"흥미로운 사건을 추적 중이거든."

"어떤……."

"아주 이상한 무공을 사용하는 놈들이 나타났어. 처음엔 오악 무제께서 지나간 흔적이 아닐까 의심했는데… 그분들은 아니더군. 그럼 누굴까? 여의단의 눈에도 걸리지 않고 마음대로 강호를 휘젓는 놈들이 말이야. 처음엔 사파 쪽인가 했어. 한데 사파는 최근 오 년간 자기네들끼리 싸우면 싸웠지 정파에는 관심도 두지 않았더라구. 더구나 사파에도 말은 하지 않지만 상당한 피해자들이 있는 모양이야. 이상하지 않아?”

“오, 오악무제 그분들의 흔적으로 오인할 정도라면 무공이 어느 정도기에…….”

“대단하지.”

“누굽니까, 그들이?”

“그들? 그냥 ‘그들’ 이야.”

“총령님이 안휘성에 머무는 이유가 그들의 흔적이 이곳으로 이어졌기 때문인 겁니까?”

“자세한 건 아직 몰라. 다만 한 가지는 확실하지. 그가 혁련휘지와 관련이 있다는 것.”

“그?”

“그래, 그. 아니지, 어쩌면 그들일지도 모르고.”

익교문은 사마화인의 눈빛을 보자 저절로 며칠 전 두 사람이 나눈 얘기가 떠올랐다.

익교문은 직감적으로 사마화인이 말했던 ‘그, 혹은 그들’ 과 황보세가 사이에 연관이 있음을 알아챘다.

황보세가는 혁련세가와 마찬가지로 십이대세가 중 한 곳이었다.

사마화인이 안휘 지부에 도착하고 난 후 모두 다섯 통의 서찰이 각지에서 날아왔다.

여의단 지부장 중 최고로 손꼽히는 오 인의 서명이 서찰 마지막에 적혀 있었다. 내용은 똑같았다. 무조건 사마화인을 도와주라는.

그들은 익교문이 존경하는 오 인의 지부장이었다.

그들의 신뢰를 얻고 있다는 것만으로도 사마화인을 믿을 이유는 충분했다.

"이번 일은 아주 재미있어지겠는데? 익 지부장, 며칠 더 신세를 져야겠어."

사마화인의 표정은 무척 즐거워 보였다.

"안휘 지부로선 영광입니다."

익교문의 대답이 끝나기도 전에 사마화인은 유쾌한 표정으로 산보하듯 돌아섰다.

*   *   *

날이 밝아왔다.

용악은 근방 숲에서 날을 샜다.

새벽 공기가 제법 차가웠으나 용악이나 구징효에겐 큰 상관이 없었다. 하나 무공을 익히지 않은 황보소소에겐 견디기 쉽지 않은 날씨였던 모양이다.

몸을 오들오들 떨고 있었다.

"신고식을 아주 호되게 하는구만. 용악, 황보 소저에게 따뜻한 음식이라도 먹여야 하는 것 아니냐? 저러다 탈나지 싶다.”

구징효는 황보소소가 몸을 떨자 목석 같이 앉아만 있는 용악에게 한마디 했다.

“살수가 떠나고 이상한 놈이 찾아왔었어요.”

용악은 자리에서 일어나 황보소소의 양쪽 어깨를 가볍게 쥐었다.

몸 안으로 따뜻한 기운을 심어준 것이다.

“이상한 놈?”

구징효는 용악의 행동에 흡족한 표정을 지으며 반문했다.

“살수를 잡으러 온 자들과 한패 같았는데… 살수를 잡을 생각은 하지 않더군요.”

“킁. 내가 밖으로 나갔을 때였나 보네? 그래, 그놈의 정체는 뭐였는데?”

“알 게 뭐예요.”

“그래서 이곳으로 온 거냐?”

“찾아낸 모양이네요.”

용악은 황보소소의 어깨를 흔들어 깨운 후 시선을 들어 전방을 쳐다봤다.

그제야 구징효의 귀에도 인기척이 들렸다.

용악은 다가오는 자들 중 유격을 알아봤다.

유격의 곁에는 익교문이 웃고 있었다.

“황보 소저, 많이 찾았습니다.”

익교문은 일어난 황보소소를 향해 가볍게 인사를 건넨 뒤 용악과 구정효를 슬쩍 훑어봤다.

상황을 모르는 황보소소는 얼떨떨한 표정으로 용악을 돌아봤다.

“제운현허 익교문 지부장이십니다, 황보 소저. 이곳에 계신 줄 모르고 주루란 주루는 모두 돌아다녔네요.”

유격이 황보소소에게 포권을 취하며 익교문을 소개했다.

“아, 네에… 황보세가의 황보소소라고 합니다.”

“알고 있습니다, 황보 소저. 다른 분들은…….”

익교문이 자연스럽게 용악 등을 돌아보며 웃었다.

“예? 예. 이쪽은 구 대협이시고…….”

‘무쌍권에 대한 소문이 거짓이 아니었군. 어느새 출수가 가능한 자세로 바꿔 앉았다.’

“앞에 계신 분은 용 소협이세요.”

‘용 소협? 이 청년이 초로를 상처 입힌 청년인가?’

익교문은 다소 의외란 표정을 지었다.

구정효와 달리 용악에게서는 사마화인이 극찬한 것만큼의 대단한 무언가를 느끼지 못한 탓이다.

일단은 먼저 소개받은 구정효의 정체부터 확인하는 것이 우선이었다.

“혹시 무쌍권 구 대협 아니십니까?”

“쿵.”

구징효는 익교문의 아는 체에 코를 쿵쿵대며 못마땅한 표정을 지었다.

“위명은 귀가 따갑도록 들었습니다. 한동안 안 보이셔서 궁금했습니다.”

“여의단에서 나 같은 사람이 궁금할 이유가 뭘까? 어쨌든 정보력 하나는 알아줘야겠군. 반갑소, 구징효요.”

“익교문입니다.”

두 사람의 시선이 잠시 마주쳤으나 금방 거둬졌다.

대결을 벌이게 되면 어떤 식의 공방을 펼쳐야 할지 그 짧은 시간 동안 판단들을 끝낸 것이다.

“어제는 신세가 많았소. 익교문이오.”

익교문이 용악을 향해 정중히 포권을 취했다.

“용악이오.”

용악의 짧은 대답으로 유격과 구징효의 인상이 동시에 구겨졌다.

유격은 자신의 상관에 대한 용악의 예의 없음에 화가 났지만 구징효는 정반대였다.

‘이오? 내겐 보자마자 말을 반으로 잘라먹더니 저자에겐 보자마자 반존대라 이거냐?

구징효는 화난 표정을 풀지 않았다.

그 모습에 용악은 픽 웃음을 터뜨리고 말았다.

왜 화를 내는지 알고 있기 때문이다.

'허!'

너무도 태연한 용악의 행동에 의미심장한 눈길로 쳐다보던 익교문은 속으로 헛웃음을 터뜨리고 말았다.

"초로를 물리친 얘긴 들었소. 대단한 솜씨더군요."

"초로?"

용악이 이름만 듣고 누군지 알 수 있는 사람은 현재까진 두 사람에 불과했다.

검왕과 구징효.

당연히 초로란 이름을 알 리가 없었다.

"황보 소저를 공격했던 자가 바로 초로요."

"아, 그렇군요."

용악은 웃으며 가볍게 고개를 끄덕였다.

다시 한 번 익교문은 이채를 발했다.

'초로란 이름을 듣고서도 저런 반응이라니.'

직접 만나본 용악은 익교문의 생각보다 훨씬 흥미있는 자였다. 하나 그런 내색은 전혀 드러내지 않았다.

"황보 소저, 만나 뵙게 돼서 영광입니다. 혹시 남궁세가에서 열리는 십이용봉대회에 참가하러 가는 길인가요?"

익교문의 시선이 황보소소를 향했다.

"예."

"역시 그러셨군요."

“…예?”

“황보세가도 십이대세가 중 한곳이니 대회에 참석하실 것이란 뜻이었습니다. 참, 용 소협, 사문이 어떻게 되십니까?”

익교문은 갑자기 생각났다는 듯 용악에게 기습 질문을 던졌다. 하나 용악은 익교문을 빤히 바라볼 뿐 대답을 하지 않았다.

“용 소협?”

“후후후, 순서가 뒤바뀌었네요. 찾아온 용건을 말해주는 것이 우선 아닌가요?”

“…사정이 있으신 모양이군요.”

용악의 대답에 익교문은 고소를 머금으며 질문을 거둬들일 수밖에 없었다.

“아! 질문 한 가지 해도 될까요?”

용악이 깜빡했다는 듯 익교문을 돌아봤다.

“물론입니다, 용 소협.”

“어제부터 이상하게 생각했던 건데… 초로? 그자가 노리는 목표가 우리라는 걸 알았으면서도 왜 미리 얘기해 주지 않았소? 혹시 우리를 미끼로…….”

용악의 말이 끝나기도 전에 익교문의 뒤쪽에서 고함 소리가 터져 나왔다.

“당치 않습니다!”

붉어진 얼굴의 유격이었다.

“큭. 이거 아침부터 해괴한 소릴 듣게 됐네? 용악, 그게 무슨 말이냐? 그러니까 사살 중 한 명이 우리를 죽이려 했는데 구대문파의 연합이란 여의단에서 아무런 조치도 취하지 않았다는 거냐?”

구징효가 용악의 질문과 유격의 반응을 보다 자리에서 일어나며 기세를 피웠다. 굳이 듣지 않아도 용악이 이렇게 하길 바랄 것 같아 취한 행동이었다.

용악의 입꼬리가 살짝 올라가는 것이 보였다.

“진정하시죠, 구 대협. 좀 무리한 방법이긴 했습니다만 구 대협 일행께도 도움이 될 만한 일이었습니다.”

익교문의 당황하지 않는 얼굴에서 거짓은 보이지 않았다.

“크큭. 설마 얼렁뚱땅 넘기려고 꺼낸 말은 아니겠지?”

“그럴 리가 있겠습니까. 무쌍권 구 대협 앞에서요.”

“…….”

구징효의 표정이 굳어졌다.

익교문의 대답이 묘하게 들린 까닭이다.

무쌍권 정도의 이름 때문에 겁먹지 않는다는 뜻인지, 무쌍권 앞에서 거짓을 말할 정도로 어리석지 않다는 뜻인지 헛갈렸다.

“이왕 얘기가 나왔으니 자리를 옮겨서 마저 들어보시는 건 어떻습니까?”

익교문의 제안에 구징효는 용악을 돌아봤다.

“황보 소저?”

구정효가 고개를 돌리자 익교문은 황보소소에게 다시 물었다. 하나 이번에도 황보소소는 용악을 돌아볼 뿐 결정을 내리지 않았다.

第三章
용봉들

천산마제

'결정을 저 청년이 내린다고?'

익교문은 모두가 용악을 돌아보자 또 한 번 놀랐다.

"용 소협? 다들 결정을 기다리고 있잖습니까? 자리를⋯⋯."

"들어볼 생각 있으세요, 소저?"

용악은 익교문이 머쓱해하거나 말거나 신경 쓰지 않았다.

"저는 용 소협의 결정에 따를게요."

"굳이 들을 필요 없을 것 같네요. 익 대협, 혹시 할 얘기란 것이 대회와 관련된 것이오?"

용악이 망설이지 않고 물었다.

“…대회보다는 혁련세가와 연관이 있습니다.”

용악의 질문에 익교문은 잠시 고민해야 했다.

직설적으로 묻는 용악에게 이리저리 돌려서 말하는 것보다는 같은 방식으로 대하는 것이 수월하다고 여긴 것이다.

“혁련세가요?”

황보소소가 깜짝 놀라며 자신도 모르게 반문했다.

“그렇습니다. 혹시 혁련세가에 대해 아는 것이라도…….”

“예? 아, 아뇨. 없습니다.”

황보소소는 급히 고개를 돌리며 부정했다.

당황하는 모습을 놓칠 익교문이 아니었다.

“황보 소저, 알고 계신…….”

“익 대협, 황보세가에 대해 얼마나 알고 있소?”

용악이 익교문의 말을 잘랐다.

갑작스런 반문에 익교문은 어리둥절한 표정이 됐다.

“그런 질문은 하지 않는 편이 좋겠소.”

용악은 익교문의 대답을 기다리지 않고 자리에서 일어났다. 더 할 말 없으니 우리는 이만 가겠다는 뜻이다.

그러나 익교문은 물러서지 않았다.

“황보 소저, 그들은 십이대세가를 이용해 위험한 짓을 벌이려 하고 있소. 그들에 관해 알고 있는 것이 있다면 알려주시오.”

익교문은 진지한 표정으로 황보소소를 쳐다봤다.

그러자 황보소소가 난처한 얼굴로 용악을 돌아봤다.

"우린 이만."

"용 소협, 지금 가려는 남궁세가가 얼마나 위험한 곳인지 안다면 그렇게 서두를 수 없을 겁니다!"

유격이 참지 못하고 나섰다.

"됐다, 유 대장."

익교문은 황보소소가 아닌 용악을 상대로 더 이상의 대화를 끌어가는 것은 무의함을 깨달았다.

여의단의 지부장이란 신분이 용악 등에겐 그리 대단해 보이지 않는 모양이다.

"황보 소저, 어제 주루에서 있었던 일은 사과드리겠소. 언제든 제 도움이 필요하면 여의단으로 찾아오시오."

익교문이 쓰게 웃으며 유격과 돌아섰다.

여의단이 사라지고 나자 그때까지 꾹 참고 있던 구정효가 나섰다.

"용악, 그냥 듣기만 하는 건 괜찮잖아."

"구노, 모르는 게 약이란 말도 있잖아요."

"쿵. 그러서? 내가 모르는 게 뭔데?"

"저들이 왜 왔는데요?"

"뭐? 혁련세가에 대해 알려주러 왔잖아?"

"혁련세가를 잡으려고 우리보고 미끼가 되라는 거예요."

"음? 크흠."

그제야 구징효는 심각한 얼굴이 됐다.

용악의 말이 하나도 틀리지 않았기 때문이다.

"저런 나쁜 놈들… 한 번 이용했으면 됐지, 또… 야! 거기서!"

용악은 이미 떠나간 익교문 등에게 고래고래 소리치는 구징효를 달래며 속으로 웃었다. 구징효에게도 이미 황보세가의 문제는 남의 일이 아니게 된 것이다.

주루에서 멀리 떨어지지 않은 곳.

사마화인은 말고삐를 놓은 채 양손을 말 궁둥이에 대고 하늘을 쳐다보고 있었다.

사마화인의 신분을 모르는 사람이 봤다면 한량으로 생각하기에 충분했겠지만 익교문의 눈에는 전혀 다르게 보였다.

'너무 빨리, 너무 무거운 짐을 지셨어.'

현 여의단주 사마중경의 아들로 태어나서 구대문파의 공동 전인을 자청해 최고의 무공 아홉 가지를 십성까지 익힌 천고의 기재였다.

"총령, 다녀왔습니다."

익교문이 보고했다.

"표정들이 어두운 걸 보니 소득이 없었나 보군."

"…죄송합니다. 제 말을 전혀 듣지 않으려고 해서……."

"뭐, 괜찮아. 어차피 직접 가보려고 했으니까."

"예? 총령께서 직접 가시겠다는 말씀이십니까?"

"당연하지. 그동안 여의단을 농락한 놈들을 내버려 둘 리가 없잖아?"

사마화인은 아무렇지도 않게 말을 하고는 말고삐를 틀었다.

"지부장님, 총령 혼자서 가도록 내버려 둘 생각이십니까?"

유격은 익교문이 아무런 조치도 취하지 않는 모습에 깜짝 놀라 물었다.

"혼자?"

"총령께선… 혼자가 아니십니까?"

"유 대장, 말이 된다고 생각하나? 여의단의 총령께서 혼자 다니신다면 말이 안 되지. 여의총령의 곁에는 항상 여의구성(如意九星)이 따르네."

"여의구성!"

"구대문파의 최고 기재들로 만들어진 최고의 호위단인 셈이지."

"아……."

유격은 감탄사 외에 다른 말을 꺼낼 수가 없었다.

개개인의 무공은 이미 지부장 급이며 오직 한 사람의 명령만 받는 특별한 존재들이 바로 여의구성이었다.

차기 여의단주가 지금 유격의 시야에서 멀어지고 있는 것이다.

                    *   *   *

배에서 내리는 사람들과 배에 오르는 사람들로 소호(沼湖)의 나루터는 무척 복잡했다. 배를 타려는 사람들이 많으면 당연히 사공들에게도 좋은 일이지만 오늘은 이상하게도 표정들이 썩 좋지 않았다.

손님들 대부분이 무인인 까닭이다.

"꼭 저런 사람들이 있다니까. 초대도 안 했는데 기를 쓰고 찾아가지. 쯧쯧."

늙은 사공이 곰방대를 털며 바람 새는 소리를 냈다.

배를 타는 자들마다 '내가 누구입네, 내가 가면 남궁세가 주가 달려나올 것입네' 라는 말도 안 되는 소릴 해대서 질린 탓이다.

사공이 잠시 숨을 돌리고 있을 때 얼굴 위로 그림자가 드리웠다.

"쿵. 사공, 쉬었으면 그만 갑시다."

"아직……."

사공은 고개를 흔들다 배에 올라타는 구징효의 얼굴을 보고 잽싸게 곰방대를 허리에 찼다. 말이 먹힐 얼굴이 아니란 것을 직감적으로 깨달은 행동이었다.

"더 쉬셔야 하면 다른 배를 알아보고요."

청아한 목소리에 사공이 깜짝 놀라 뒤를 돌아봤다.

구징효와 일행이라는 것이 믿기지 않을 정도로 고운 자태를 뽐내는 아가씨가 서 있었다.

면사를 쓰고 있어 얼굴은 확인할 수 없지만 사공만의 직관으로 판단컨대 보통 신분의 여인은 아니었다.

"흘흘. 쉴 시간이 어디 있습니까. 어서 오르십시오, 아가씨."

"큿. 친절한 영감이었나? 아무튼 기다리는 건 질색이니 어서 출발하게."

구징효는 선미에 등을 기대며 눈을 감았다. 하지만 기다려도 배는 움직이지 않았다.

"뭐야, 영감?"

"흘흘. 배에 사람이 차야 떠날 게 아닙니까?"

"됐으니까 그냥 출발해."

구징효가 막 성질을 내려 할 때였다.

"하하하! 사공, 함께 갑시다."

젊은 사내의 목소리가 들리자, 사공의 고개가 '홱' 소리가 나는 것처럼 돌아갔다.

"어이쿠, 단목세가의 단목철 공자님이 아니십니까? 당연히 모셔야지요. 한데, 다른 분들이 먼저……."

사공이 갑자기 공손해지며 허리를 굽실거렸다.

그 모습은 구징효를 대할 때완 너무나 달랐다.

"쿵. 사공, 저들을 다 태우겠다는 건가?"

구징효가 짜증스러운 목소리로 물었다.

"당연합지요. 다른 분도 아니고 단목 공자님이신데요. 흘흘."

사공의 얼굴에 웃음이 피어날수록 구징효의 인상은 더욱 험하게 구겨졌다.

"다른 분도 아니고? 쿵. 먼저 탄 분들은 기분이 나빠지려고 하는데?"

"대, 대협, 너무 기분 나빠하지 마십시오. 단목 공자님께선 달마다 소호를 유람하셔서… 뱃삯을 아주 두둑하게 주시죠."

'달마다?'

용악은 사공의 말에 그제야 단목철을 돌아봤다.

이십대 중반의 귀공자 티가 팍팍 나는 미남으로, 손에 든 섭선과 복장이 무척 잘 어울리는 자였다.

"하하하! 선객이 계신 줄 알면서도 급하다 보니 실례를 했습니다. 단목철이라고 합니다."

단목철은 호위로 보이는 무인 네 명과 짐꾼 여섯 명, 그리고 꼬마 한 명을 데리고 배에 올라탔다.

예의 바른 태도에 구징효도 더는 뭐라고 하지 않았다.

그때였다.

"양주묵가의 묵이곤입니다."

단목철을 따라 배에 올랐던 열 살가량의 꼬마가 갑자기 구징효를 향해 포권을 취하는 것이 아닌가?

구정효는 묵이곤이라고 자신을 소개한 꼬마를 물끄러미 쳐다봤다.

"쿵. 양주묵가? 자네는 단목세가라고 하지 않았나?"

"하하하, 맞습니다. 일행과 떨어져 있는 걸 우연히 발견하고 동행하던 중입니다. 어차피 남궁세가로 가면 만나게 될 테니 그동안 지루하지도 않고 좋잖습니까?"

단목철이 화통하게 웃으며 묵이곤의 어깨를 잡아당겨 앉았다.

"왜 혼자 떨어져 있었는데?"

"예? 잠시 한눈을 팔다……."

묵이곤은 말끝을 흐리며 슬쩍 단목철의 눈치를 봤다.

"그래? 그럴 수 있지."

구정효는 둘 사이에 뭔가 있다는 것을 알았으나 굳이 묻지는 않았다.

"하하하! 아름다운 소저, 소개 좀 부탁해도 될까요?"

"황보세가의 황보소소예요."

"오! 황보세가!"

단목철이 갑자기 탄성을 터뜨렸다.

"여기 두 분은 구 대협과 용 소협이세요. 저희 세가의 식객으로 계시지요."

황보소소는 예의를 갖춰 대답했다.

배에 오를 때부터 단목철은 양손을 모으고 허리를 곧게 편 황보소소가 평범한 여인은 아닐 것이라 여기고 있었다.

"세가 어르신들께서 왜 태산에 가보라고 하셨는지 황보 소저를 보니 이해가 갑니다."

"예?"

"어릴 때 황보 소저를 보신 숙부께서 항상 하셨던 말씀이죠. 십 년 후에 태산으로 가면 제 눈을 뜨게 해줄 미인이 있을 거라고요."

"…과, 과찬이세요."

황보소소는 갑작스런 칭찬에 당황해서 말을 더듬었다. 단목철의 말솜씨는 무척 뛰어나서 상대로 하여금 금방 친근감을 갖게 하는 재주가 있었다.

"이 좁은 배에 황보세가, 양주묵가, 단목세가가 한꺼번에 타게 되다니… 제 장원이 있는 무리(撫里)에 도착하면 두 사람을 위해 근사한 저녁이라도 대접해야겠습니다. 그런 영광을 저에게 주지 않으시겠습니까?"

"저는 좋아요!"

묵이곤이 맛있는 음식이란 말에 눈을 초롱초롱 빛내며 소리쳤다.

"풋. 거절했다가는 묵 공자가 저를 원망하겠네요. 그렇게 할게요. 괜찮죠, 용 소협?"

황보소소는 신세를 진다는 생각 때문에 대답을 하지 못했으나, 묵이곤의 우렁찬 대답에 웃음과 함께 허락했다. 하나 용악의 허락을 받아야 한다는 걸 잊지 않고 물었다.

"어차피 식사는 해야 하잖아요."

'뭐지, 저자는? 식객이라고 하지 않았나?'

단목철은 황보소소가 용악에게 허락을 구하자 살짝 의아한 표정을 지었으나, 표정은 나타났을 때보다 더 빨리 사라졌다.

"황보 소저, 후회하지 않으실 겁니다. 먼저 도착한 용봉들도 있을 테니 대회 전에 인사도 할 겸 좋으실 겁니다. 이러다 그곳이 진짜 대회가 열리는 장소로 오인 받을지도 모르겠는데요? 하하하! 황보 소저와 같은 미인을 모시게 돼서 영광입니다."

황보소소의 허락이 떨어지자마자 단목철은 더욱 거침없이 입담을 늘어놓기 시작했다.

사람들의 시선을 뺏는 것에 무척 익숙한지 화제를 수시로 바꾸며 황보소소와 묵이곤의 시선을 놓아주지 않았다.

"의외네?"

한쪽에서 지켜보던 구징효가 심드렁하게 중얼거렸다.

"구노, 왜 그래요?"

"저… 황보 소저 말이야. 우리랑 있을 때와는 좀 달라지지 않았나?"

"글쎄요. 모르겠는데요?"

"저거, 저거, 위험해. 남자라곤 만나본 적도 없는 황보 소
저에게 저런 바람둥이는 위험하다고."

"훗. 어련하시겠어요."

용악의 짧은 웃음에 구징효의 눈썹 한쪽이 치켜졌으나 이
내 단목철에게 다시 시선을 돌렸다.

"위험해, 위험해."

"또 뭐가요?"

"너, 저놈 신경 쓰이지?"

"아니요."

"큭. 귀신을 속여라."

구징효가 턱으로 단목철을 가리키며 눈을 가늘게 떴다.

"전혀요."

용악은 더 이상 들을 필요도 없다는 듯이 눈까지 감았다.
구징효의 집요하게 바라보는 시선이 느껴졌으나 용악은 무시
해 버렸다.

"자, 도착했습니다."

배가 도착하자 단목철은 제일 먼저 내려서 황보소소에게
손을 건넸다. 하나 익숙하지 않은 친절에 황보소소는 묵이곤
을 먼저 내리게 했다.

"묵 공자, 내려요."

"예, 황보 누나."

묵이곤이 단목철의 손을 잡고 배에서 훌쩍 뛰어내렸다. 단목철은 고소를 짓긴 했지만 금방 아무렇지도 않은 듯 활기차게 웃었다.

황보소소의 뒤를 따라 내린 용악이 주위를 둘러보며 움직일 방향을 정하려 할 때였다.

"용 소협, 이곳부터는 제가 잘 아니 저만 따라오시면 됩니다. 너희들은 뒤에서 따라와."

단목철은 호위들을 용악 등의 뒤쪽으로 배치시킨 후 황보소소와 묵이곤의 곁으로 다가가 나란히 걸어갔다.

"큭. 이건 뭐, 닭 쫓던 개 지붕 쳐다보기 일보 직전이잖아?"

구징효가 용악의 어깨를 툭 치며 놀렸으나 용악은 아무렇지도 않은 듯 걷기만 했다. 그 태도에 구징효는 화가 나 다시 입을 열었다.

"이대로 그냥 갈 거야?"

"저자가 길을 잘 안다잖아요."

용악이 단목철을 가리켰다.

"큭. 나 이런 답답한. 저놈 말을 믿는 거냐? 저러다 황보 소저가 놈의 꾐에 넘어가기라도 하면 어쩌려고?"

"구노, 쓸데없는 소리 하지 말고 그냥 가요."

용악은 한마디로 구징효를 싱거운 사람으로 만들고는 앞서 걸어갔다. 그러다 몇 걸음 걸었을까, 뒤를 돌아봤다.

구징효는 이제야 깨달았느냐는 표정으로 득의양양해진 얼

굴이 됐다. 하나 그것도 잠시, 용악은 고개를 절레절레 흔들
며 딱한 눈으로 구징효를 쳐다봤다.

'컹!'

한순간에 이상한 사람 취급을 받게 된 구징효는 멍한 눈으
로 용악의 뒷모습을 쳐다보기만 했다.

'용악, 저놈… 왜 저리 태연한 거지? 설마 황보 소저에게
전혀 관심이 없다는 건가? 돼지에게 납치당했을 때나, 나를
못살게 굴어 주변 경계까지 시킨 이유가… 고작 은혜를 갚기
위해서라고?'

구징효의 상식으로는 말도 안 되는 일이었으나 용악은 그
렇게 행동하고 있었다.

그 이후로 구징효는 황보소소와 관련된 일에 대해선 용악
과 말을 섞지 않았다.

단목철의 행동을 지켜볼수록 속이 탔고, 단목철이 웃을 때
마다 인상이 찌푸려졌으며, 웃어주는 황보소소와 묵이곤의
반응에 혀를 찼다.

그렇게 무려 한 시진을 걸었을 때다.

단목철이 구릉 가까이 다가가더니 손을 척 펼쳤다.

"다 왔습니다, 황보 소저. 남궁세가까진 하루 정도 더 가야
하니 오늘은 이곳에서 묵으시지요."

"……."

황보소소는 단목철이 가리키는 곳을 보기 위해 좀 더 앞으

로 걸어갔다.

"아!"

구릉 뒤에서는 잘 보이지 않던 상당히 큰 장원이 드러났다.

"여긴 어디죠?"

황보소소는 장원의 멋진 자태에 놀란 것도 잠시, 갑작스럽게 단목철을 돌아봤다.

"하하하! 십이대세가 분들이 남궁세가로 가기 전에 잠깐 쉴 수 있도록 장만한 장원입니다. 어떻습니까? 꽤 근사하지 않습니까?"

"그럼 무리에 도착해서 저녁을 대접하시겠다는 곳이 이곳인가요?"

"그렇습니다. 아마 지금쯤이면 현이 그 친구를 비롯해 다들 와 있을 겁니다."

"혀, 현이……."

"하하하! 황보 소저, 사람들 얘기는 내려가서 나누기로 하죠?"

"……."

황보소소는 단목철이 말한 현이란 말에 가슴이 콩닥거리며 선뜻 발을 떼지 못했다.

그 모습을 본 구징효는 나서지 않을 수 없었다.

"이봐, 그렇게 무작정 내려가지만 말고 자초지종을 알려달라고. 저 장원에 살수들이 매복해 있기라도 하면 곤란하잖아."

"하하하! 구 대협, 그렇게까지 심각해지지 마세요. 그저 먼저 도착한 분들이 모여 계신 것뿐이라고 생각하면 된다니까요?"

단목철은 표정 하나 바꾸지 않고 너무도 자연스럽게 사람들을 이끌었다.

"구노, 왜 그렇게 민감해요?"

용악이 구징효의 옆을 지나가며 한마디 했다.

그제야 황보소소도 단목철의 뒤를 따라갔다.

"으이구, 멍청한 거야, 뭐야?"

구징효는 용악의 태평스런 대답에 고개를 절레절레 흔들었다.

장원 안은 멀리서 볼 때보다 훨씬 넓었다.

단목철은 중앙으로 걸어가 방문을 활짝 열어젖히며 호탕하게 웃었다.

"오래 기다렸습니다. 저, 단목철이 왔습니다. 하하하!"

방 안에는 이십여 명의 남녀노소가 자리해 있었다. 아니, 예닐곱 명의 젊은 남녀가 중앙에 앉아 있었고, 그 주위를 십여 명이 호위하듯이 두르고 있었다.

황보소소는 단목철을 따라 방 안으로 들어서다 집중된 시선에 잠시 멈칫거렸다.

"단목 공자님, 저 두 사람은……."

머리를 묶어 옆으로 늘어뜨린, 여우를 연상케 하는 뾰족한 얼굴의 미녀가 반쯤 감은 눈으로 황보소소와 묵이곤을 바라봤다.

"예, 소저. 황보세가의 황보소소 소저와 양주묵가의 묵이곤을 소개하오. 마침 배를 건너다 만났지 뭡니까? 하하하! 아! 황보 소저, 이쪽은 형양예가의 예소정 소저, 그 옆은 소산곽가의 곽추열 공자, 금당정가의 정준 공자입니다. 서로 인사하시죠?"

단목철은 각 세가를 대표하는 용봉들을 소개한 후 중앙의 큰 의자로 가 앉았다.

"안녕하세요? 황보세가의 황보소소라고 합니다."

"단목 공자님, 이제 올 사람은 다 온 건가요?"

백색 영웅건을 두르고 지나칠 정도로 두꺼운 눈썹의 청년 곽추열이 황보소소의 인사만 받고는 대뜸 고개를 돌려 단목철에게 물었다.

다른 사람들의 태도 역시 마찬가지였다.

황보소소는 당황해서 어쩔 줄 몰라 했는데 다행히도 옆에 있던 묵이곤이 해맑은 표정으로 자리에 앉으라는 시늉을 해 주었다.

"이봐, 일어나."

황보소소가 막 자리에 앉았을 때 실내의 모든 사람을 돌아보게 만드는 험악한 목소리가 들려왔다.

흑의에 긴 얼굴을 한 오십대 중년인이 손가락을 들어 용악과 구징효를 가리켰다.

황보소소와 함께 앉은 구징효가 콧방귀를 뀌며 흑의인을 마주 봤다.

“큭. 나는 신경 쓸 것 없네, 젊은이들. 자네들의 대화에는 관심도 없으니까. 그리고 당신, 그 손가락 빨리 거두지 않으면 험한 꼴 당할 거야.”

구징효가 용봉들에게 손을 저으며 말한 후 흑의인에게 경고를 날렸다.

그러자 흑의인이 구징효에게 다가왔다.

실내의 분위기가 싸늘해졌다.

“너희 둘이 아가씨를 신경 쓰시게 만들고 있다. 일어나서 밖으로 나가라. 경고는 이번이 마지막이다.”

“큭.”

구징효는 어이없는 웃음을 터뜨렸다.

사람 보는 눈이 없어도 너무 없었다.

“네 아가씨가… 저 소저인가?”

구징효가 탁자를 둘러보다 아니꼬운 눈빛으로 바라보는 예소정을 턱짓으로 가리켰다.

“그따위 태도를!”

흑의중년인의 손이 빠르게 허리춤으로 내려갔다.

“그걸 빼 들면 아주 불행한 일이 일어난다는 것만 알아둬.”

구정효는 나직한 목소리로 경고하며 흑의인을 쳐다봤다. 이만큼 참았으면 용악도 나중에 딴소리는 하지 못할 것이다.

'흑!'

흑의인은 구정효의 눈빛이 멀리서 볼 때와 달라졌다는 생각이 들자마자 자신도 모르게 몸을 뒤로 뺐다.

구정효의 눈을 통해 흘러나온 살기에 저절로 그의 몸이 움츠러든 탓이다.

"큭, 쫄긴. 나는 너처럼 주인을 모시고 온 게 아니다. 엄연히 초대받고 왔다고. 그러니 되도록 예의를 지키고 싶다 이 말이지. 건들지 마라. 아주 그냥……."

구정효는 아무것도 없는 허공을 잡아 이리저리 구기는 시늉을 하고는 고개를 돌렸다.

흑의인은 상황이 이상해지자 화를 내기도, 물러서기도 애매하게 되고 말았다.

"흥. 이 호법, 자리로 돌아가요. 황보 소저라고 했나요? 어른들이 말씀하시길, 집안이 망할 땐 다 이유가 있다고 하시더군요. 없으면 없는 대로 살든 하지. 아닌 말로, 저자가 설치기라도 해서 내가 다치면 당신이 책임질 건가요? 빨리 아랫것들은 저쪽으로 물리세요."

예소정은 이 호법이 물러선 이유도 모르고 경멸 어린 시선으로 황보소소를 노려봤고, 이어서 구정효를 쳐다봤다.

"아, 아랫것들?"

구징효의 이마에 핏대가 오른 건 당연했다.

한 방이면 나가떨어질 이 호법이나 재수없게 생긴 예소정 따위는 신경도 쓰이지 않는 그였다.

구징효가 막 자리에서 일어나려 할 때였다.

"하하하! 한 가족이 될 분들끼리 왜 흥분하고 그러세요. 황보 소저, 구 대협 좀 말려주세요. 예 소저, 말이 심했어요. 구 대협은 제가 초대해서 오신 분입니다. 그리고 어디에 앉든 무슨 상관입니까? 다들 한 가족처럼 지내게 될 분들이신데요. 자자, 사람들이 더 모이기 전에 우리의 뜻을 모아봅시다."

단목철의 상황 정리 솜씨는 훌륭했다.

누구의 편도 들지 않으면서 이 자리의 주인이 누군지 명확히 하는 행동이었다.

"단목 공자님, 뜻이라니요?"

황보소소가 고개를 갸웃거리며 물었다.

"잘 물으셨습니다, 황보 소저. 이곳에 모인 사람들은… 이번 십이용봉대회에서 혁련세가의 반대편에 설 사람들입니다."

"반대편이라니요?"

황보소소는 더욱 어리둥절해질 수밖에 없었다.

"혁련세가의 힘은 지나칠 정도로 강해져서 나머지 세가들로는 어찌할 수 없는 상태입니다. 해서… 형양예가, 소산곽가, 금당정가, 단목세가는 다른 세가에 힘을 실어주기로 했습니다.”

“다른 세가라니요?”

“당사자가 곧 올 테지만… 지금 말씀드리죠. 우리는 남궁세가에 힘을 실어주기로 했습니다.”

“남궁세가…….”

“이번 십이용봉대회를 남궁세가에서 개최하려는 이유가 바로 거기 있습니다. 현이 그 친구도 이미 허락한 상태입니다.”

다른 사람들은 이미 알고 있는 사실인지 단목철의 말에 공감하는 눈치들이었다.

“저도 동참하겠습니다! 혁련세가 짓이었어요. 저를 납치해서 형님을 이용하려고 해요. 단목 공자님, 저도 돕게 해주세요!”

묵이곤이 갑자기 자리에서 벌떡 일어나더니 경악할 만한 말들을 마구 쏟아냈다.

“납치… 그런 짓을! 이곤이 네가 혼자였을 때 알아차렸어야 하는 건데……. 황보 소저, 하실 말씀 없으세요?”

“예?”

누구보다 할 말이 많은 황보소소였으나 너무 급작스러운 질문에 말문이 막혀 아무 말도 하지 못했다. 열 살짜리 소년의 용기가 이 순간만큼은 너무도 부러운 그녀였다.

“흥! 단목 공자, 여태 얼굴도 가리고 있는 사람에게 뭘 기대해요? 형양예가부터 말씀드리죠. 형양예가를 대표해 예소정은 그 뜻에 동참합니다.”

‘아! 면사!’

예소정의 말을 듣고서야 황보소소는 아직도 면사를 쓰고 있다는 것을 깨달았다. 재빨리 면사를 벗었다.

“아!”

황보소소를 지켜보던 사람들이 일제히 탄성을 터뜨렸다.

늘어뜨린 흑발과는 너무나 대조되는 하얀 피부.

실내를 비추던 빛을 반사하기라도 하는 것처럼 황보소소의 얼굴에 빛이 났다.

예소정은 황보소소의 눈부신 아름다움에 입술을 잘근 깨물었고, 남자들은 멍한 눈으로 할 말을 잃은 채 쳐다보기만 했다.

“남궁현 그 친구가 왜 그리 황보 소저를 보고 싶어 했는지 이제야 이해가 가는군요.”

“……”

남궁현의 이름이 나오자 황보소소의 볼이 붉어졌다.

단목철은 그것을 놓치지 않았다.

“이런, 이런. 현이 그 친구 때문에 점수 다 까먹는군. 하하하! 그래도 어쩔 수 없죠. 제가 인정하는 친구이니 말입니다. 강호의 의와 협을 세우겠다는 아주 고지식한 생각만 바꿔도 편하게 살 수 있을 텐데……”

단목철은 남궁현을 생각하자 머리가 아파온다는 시늉을 하며 고개를 가로저었다. 행동은 과장되었으나 남궁현의 사람 됨됨이를 멋지게 소개해 준 것이다.

"풋."

듣고 있던 황보소소는 자신도 모르게 입가에 미소를 머금었다. 십이대세가 용봉 중에 유일하게 기억나는 미소년이 남궁현이었다.

'어떻게 변했을까?'

남궁현의 멋진 모습을 머릿속으로 그려보려 할 때였다.

"내가 늦은 모양이군. 철, 미안하네."

어둠을 내려놓으며 안으로 들어서는 사내가 있었다.

훤칠한 키에 이목구비가 뚜렷한 기남아였다.

'혹시……'

황보소소는 자신도 모르게 사내의 이름을 생각했다.

예소정 등은 이미 면식이 있는지 일어나며 활짝 웃으며 반겼다.

"어서 오세요, 남궁 공자님."

구징효를 눈 아래로 볼 때와는 완전히 딴판인 예소정이 자리에서 일어났다. 요조숙녀도 그런 요조숙녀가 없었다.

"네가 소소구나. 오면서 두 사람이 더 합류하게 됐다는 말을 들었는데… 너였구나."

남궁현은 예소정에겐 대답도 하지 않고 대뜸 황보소소에

게 환한 웃음을 건넸다.

'그때와 똑같아……'

황보소소를 향해 친절하게 손을 건네던 소년이 키만 커진 채로 그곳에 있었다.

"…예, 남궁 공자님."

"이런, 아무리 오랜만이라고 해도 그렇지, 너무 정중한 것 아니야? 하하하! 반갑다, 소소."

남궁현은 고른 치아를 드러내며 환한 웃음을 지어 보였다.

"저도……."

"얘기는 조금 있다가 나누자꾸나. 철, 자리 마련하느라 고생 많았다."

황보소소가 뭐라고 말을 하려 할 때 남궁현이 자연스럽게 말을 자르며 화제를 돌렸다.

"흥."

예소정이 머쓱해진 황보소소를 향해 비아냥이 담긴 콧방귀를 뀌었다.

"다들 궁금하실 것 같아 곧바로 달려왔습니다. 혁련세가에서 이번 대회 참석 인원을 알려왔습니다. 무려… 서른일곱 명이더군요."

"대문파가 움직이는 것도 아니고 무슨……."

사람들은 남궁현의 말에 기함을 했다.

한 사람, 황보소소만이 왜들 놀라는지 모르겠다는 표정을 짓고 있을 뿐이었다.

남궁현의 시선이 황보소소에게 멈췄다.

"황보 소저, 할 말이라도?"

"아니요. 아니… 예, 있어요."

"말해보세요."

"이곳에 계신 분들만 해도 오십 명은 족히 될 것 같은데…왜 서른일곱이란 숫자에 놀라는지 잘 모르겠네요."

황보소소로서는 당연한 질문이었다.

"흥! 황보 소저, 정말 몰라서 묻는 건가요, 아니면 우릴 놀리는 건가요?"

예소정이 공격적으로 되물었다.

"놀리다니요. 당치 않아요."

"그럴 수 있습니다. 황보 소저, 제가 말한 서른일곱은 혁련세가의 상급 무장들을 포함한 숫자예요. 즉, 고수들만 서른일곱이라는 뜻이죠."

예소정의 공격에 당황한 황보소소를 남궁현이 도와주었다. 친절한 설명에 이어 어떤 여인이 봐도 한눈에 반할 것 같은 미소를 잊지 않았다.

"네에……."

황보소소는 그제야 이해했다는 듯 고개를 끄덕였다.

"무슨 일이 있어도 그들의 횡포를 막아야 합니다."

'횡포?'

황보소소는 또다시 고개를 들었다.

남궁현의 말을 잘 이해하지 못한 까닭이다.

묻고 싶었으나 사람들의 따가운 시선을 받고 싶지 않아 참 았다.

"황보 소저, 편하게 말해요."

남궁현이 다시 황보소소를 도와주었다.

공과 사를 구별할 줄 아는 사람은 당연히 호감을 살 수밖에 없었다.

"조금 전에 횡포라고 하셨잖아요. 다들 혁련세가로부터 어 떤 횡포를 당하셨는지 알지 못해서요."

"여긴 황보 소저 혼자 있는 곳이 아니에요. 남궁 공자님의 말을 끊지 마세요."

남궁현이 황보소소에게만 친절을 베풀자 예소정이 심술 난 목소리로 쏘아붙였다.

"그럼 예 소저께서 대답해 주시겠어요? 형양예가는 혁련세 가로부터 어떤 횡포를 받았나요?"

"뭐……."

갑작스런 황보소소의 반문에 예소정은 반문하는 것 자체 가 어이없다는 표정을 지었다.

"황보 소저, 이 자리에 모인 사람들은 혁련세가의 횡포로 부터 모두 곤란을 겪고 있는 세가들이오."

남궁현이 이번엔 예소정을 대신해 대답해 주었다.

"좀 더 구체적으로 여쭤봐도 될까요?"

"음. 나중에 따로 말해주면 안 되겠소?"

"그… 러는 것이 좋겠네요."

황보소소는 곧바로 대답을 듣고 싶었으나 쏘아보는 눈이 많아 질문을 멈춰야 했다.

"자, 회의를 계속하도록 하지요. 대회 날짜가 정해지지 않은 건 다들 아실 겁니다. 혁련휘지가 도착하는 날이… 대회가 열리는 날이니까요."

대회를 주체하는 것으로 되어 있는 남궁세가의 입장에선 인정하기 힘든 말이었을 것이다.

남궁현은 씁쓸한 표정으로 말을 마쳤다.

"남궁 공자, 군이 그런 말은 할 필요 없소. 다들 알고 있는 사실이니까."

단목철이 남궁현을 위로해 주었다.

방 안의 분위기가 무거워졌다.

"형양예가는 남궁 공자님의 어떠한 제안도 받아들이겠습니다."

예소정은 자리에서 일어나며 말했다.

곧이어 단목철 등도 뜻을 모았다.

황보소소는 어떻게 해야 할지 몰랐다.

가슴은 당장에라도 이들과 함께하고 싶은데 일어날 수가 없었다. 감정적으로 결정할 문제가 아니란 걸 잘 알기 때문이다.

‘대회가 열려야 모든 것을 알 수 있다고 했어. 어찌해야 하지?’

고민은 쉽게 해결되지 않았다. 아니, 쉽게 해결될 수 없는 고민이란 것이 정확했다.

“남궁 공자라고 했나? 한 가지만 묻지.”

갑자기 들려온 낯선 목소리에 사람들의 시선이 용악에게로 향했다.

구징효는 용악의 하대에 남궁현 등의 눈이 화등잔만 해지자 ‘큭큭’ 대며 웃었다. 용악을 나름 잘 안다고 생각하는 구징효이기에 보일 수 있는 반응이었다.

“황보 소저?”

남궁현은 화를 내기보다 황보소소를 돌아보며 설명을 바랐다.

“저희 세가에 식객으로 계세요.”

“흠. 하실 말이 있으면 황보 소저를 통해서…….”

남궁현은 식객이 왜 나서느냐는 눈으로 용악을 쳐다보고는 다시 말을 이으려 했다.

“혁련세가는 언제 오지?”

“……!”

남궁현은 또다시 끼어드는 용악을 황당한 표정으로 쳐다봤다. 나설 자리가 아니란 것을 모르면 알려줘야 했다. 단목철을 돌아보며 어깨를 으쓱거렸다. 알아서 조치를 취해달라는 행동이었다.

그러나 굳이 단목철이 나설 것도 없었다.

"무례하다! 이 자리가 어떤 자린데 식객이 나서! 이 호법, 저 둘을 당장 끌어내!"

예소정의 분노에 찬 목소리가 터졌다.

용악과 구징효가 황보세가의 식객이란 것을 듣는 순간부터 기다리고 있던 그녀이다.

형양예가의 무인들이 일제히 용악과 구징효를 향해 움직이려 할 때였다. 상황을 지켜보던 남궁현이 손을 들어 올려 형양예가 무인들을 막았다.

"예 소저, 흥분을 가라앉히세요. 우리가 이 자리에 모인 이유를 잊으셨습니까?"

"남궁 공자님, 참을 필요 없어요. 이 자리를 마련하기 위해 얼마나 많은 노력을 하셨어요? 그런 자리를 저런 사람들 때문에……."

"예 소저, 자리에 앉아주세요."

남궁현은 웅성대는 사람들을 안정시키면서도 예의를 잃지 않았다.

제일 난감해진 사람은 황보소소였다.

소매로 이마의 땀을 훔치는 남궁현의 모습에 괜히 미안한 마음이 들어 어찌할 바를 몰라 했다.

예소정이 화난 눈으로 황보소소를 쳐다봤고, 단목철도 어떻게 해보라는 시선을 슬그머니 보냈다.

뭔가 결정을 내려야 했다.

"구 대협, 용 소협."

황보소소는 어렵게 입술을 뗐다.

"큼. 말만 해요, 황보 소저. 싹 쓸어……."

"잠시만 나가 계시면 안 될까요?"

"……!"

구징효는 황보소소의 입에서 나온 말이 믿기지 않는다는 표정으로 쳐다봤다.

"나가라고요?"

"회의가 끝날 때까지만요. 부탁드려요."

"……."

구징효는 말을 잇지 못하고 눈을 껌뻑였다.

전혀 생각지도 못한 대답에 할 말을 잃고 만 것이다.

"구노, 뭐 해요?"

"뭐 하긴… 어?"

옆을 돌아보던 구징효가 깜짝 놀라 일어났다.

용악이 벌써 일어나 있었다.

"왜 일어나 있나?"

"황보 소저가 잠깐 나가 있으라고 하잖아요."

"큼. 뭐, 뭐야? 너, 정말 나가려고?"

"황보 소저, 근처에 있을게요."

용악의 얼굴에는 조금도 섭섭한 감정을 느낄 수 없었다. 차라리 구징효와 같은 반응을 보였다면 덜 미안했을 황보소소였다.

'용 소협…….'

황보소소는 문을 열고 나가는 두 사람을 끝내 부르지 못했다. 잠시 망설이는 사이, 문이 열리고 닫혔다.

탁.

문 닫히는 소리에 황보소소의 어깨가 움찔거렸다.

"황보 누나, 괜찮아요?"

"응? 으응."

"걱정 마요. 제가 있잖아요."

묵이곤이 코를 찡긋거렸다.

'내가 무슨 짓을 한 거지?'

태산에서부터 지금까지 한순간도 떨어져 본 적 없는 용악과 구징효였다. 머릿속이 혼란스러웠다. 어떻게 그런 말을 할 수 있는지 스스로 생각해도 이해할 수가 없었다.

고개를 돌려 문을 바라봤다.

한 번 닫힌 문은 다시 열리지 않았다.

"분위기가 흐트러졌네요. 아직 도착하지 않은 세가도 있으니 잠시 쉰 후에 회의를 계속하도록 하죠. 황보 소저, 잠시 볼 수 있을까요?"

남궁현이 황보소소를 걱정스러운 눈으로 바라봤다.

충분히 위안이 되고도 남을 정도의 배려였다.

황보소소는 순간적으로 가슴이 두근거려 얼굴을 돌려야 했다.

밖으로 나온 용악은 주위를 살폈다.

뒤따르는 구정효는 묻고 싶은 말이 목까지 차올랐으나 괜히 말해봐야 본전도 못 찾는다는 것을 알기에 꾹꾹 눌러 참았다.

"구노, 밤이 꽤 길지도 모르겠는데요?"

용악이 뜬금없는 말을 꺼냈다.

"내가 이렇게 화가 나는데 너는 아무렇지도 않다고? 그게 말이 되냐? 화를 내도 시원찮을 판에 밤이 어쩌고 어째?"

구정효가 필요 이상으로 흥분하여 소리쳤다.

듣고만 있던 용악이 고개를 갸웃거렸다.

"구노, 왜 그래요?"

"왜, 왜 그래? 내가 화 안 나게 생겼냐? 황보 소저, 그렇게 안 봤는데 실망했다. 그동안 우리가 어떻게 했는데. 쿵."

"구노, 태산에서 제갈기가 혁련세가에 대해 한 말 기억해요?"

"제갈기? 당연히 기억하지. 혁련세가가 마치 강호제일문파라도 되는 양 지껄였잖느냐."

"그렇죠? 저 둘하고는 완전히 다르네요."

용악이 말하는 둘은 남궁현과 단목철이었다.

"쿵. 그것이 바로 젊음이란 것이지. 불가능을 가능하게 해 주는 것!"

구징효는 남궁현과 단목철에게 별 불만이 없어 보였다.

당연한 것이, 그 역시 항상 뭔가를 깨뜨리며 살아왔기에 두 사람에게 호감은 있을지언정 부정적인 생각은 없는 것이다.

"아니면 박쥐거나."

"바, 박쥐?"

"꼭 그런 놈들이 있잖아요. 간에 붙었다가 쓸개에 붙었다가 하는. 말은 그럴듯하게 하면서 자신들이 뭘 했고 앞으로 뭘 할지에 대해선 한마디도 없네요."

"……."

"구노는 들은 것 있어요?"

'그러고 보니……'

구징효는 단목철과 남궁현이 한 말들을 떠올리다 고개를 가로저었다.

용악의 말대로 두 사람은 혁련세가의 횡포를 막자고만 하지 방법적으로 뭔가를 제시하질 않았다. 또 두 사람이 어떤 식으로 대항해 왔는지도 밝히지 않았다.

아주 비슷한, 떠올리기도 싫은 놈의 수법과 무척 흡사했다.

"…그런 놈들이라면 나도 잘 알지."

무쌍겸 희창을 떠올리자 저절로 구징효는 이를 갈았다. 문도들을 선동해 영문도 모르는 구정효를 내쫓고 문주가 된 놈.

"가만, 그럼 아까 혁련세가는 언제 오냐고 물은 이유가……."

"단목철이 소호에서 우리와 만난 것, 이상하지 않아요? 모인 자들은 하나같이 혁련세가에 당했다. 거기에 황보 소저를 데리고 왔다. 어때요, 구노?"

"듣고 보니 그러네? 허면 이런 곳엘 왜 순순히 따라온 건데?"

"굳이 남궁세가까지 갈 필요 없겠어요. 이곳에서 기다리면 놈을 만날 것 같은데요?"

용악이 담담하게 웃었다.

너무도 평범한 반응인데 구정효는 살짝 소름이 돋는 걸 느꼈다.

"놈?"

"모든 일의 원흉이요."

"너… 진짜 무서운 놈이다."

구정효는 용악을 보며 고개를 절레절레 흔들었다.

용악이 황보소소를 안에 두고 순순히 나온 이유도 짐작하게 됐다.

'쿵. 이런 괴물에게 욕도 할 수 있으니 다행인 건가?

괴물이라 불려도 하나 이상할 것 없었다. 그만큼 용악의 무공은 신기막측했다. 직접적인 타격보다 전신을 무기력하게 만들던 그 이상한 느낌이 다시 되살아나는 것 같았다.

"그럼 단목철과 남궁현 중에 누가 더 나쁜 놈이냐?"

"우릴 유인한 단목철이죠."

"남궁현은?"

"그냥 싫은 놈도 있잖아요. 나쁘고 좋고를 떠나 싫은 놈이
요."

오싹!

구정효는 용악의 대답으로 남궁현의 운명을 짐작할 수 있
었다. 그 말을 끝으로 용악은 더 이상 말을 하지 않았다.

담 아래로 내려간 두 사람은 천천히 담을 따라 걷기 시작했
다.

第四章
그건, 지랄이야

　백의로 전신을 감싼 중년인은 강철 조(爪)를 낀 채 숨을 헐떡였다. 그의 뒤쪽으로는 강물이 흐르고 있었다.
　"이건 말도 안 돼……."
　중년인은 혼이 나간 사람처럼 읊조렸다.
　그의 옆으로 같은 복장을 한 십여 명의 사내가 반원을 그리며 강을 등지고 섰다.
　뒤쪽을 비우고 오직 전방을 경계하겠다는 의지의 자세들이었다.
　"그들은 악마요."
　모여든 사람 중 한 명이 중얼거렸다.

“…….”

중년인은 그의 말을 인정할 수밖에 없었다.

반 시진 전에 들었다면 코웃음 쳤을지 모르나 지금은 악마라는 말을 듣는 순간 몸까지 떨었다.

오조 인현.

광동성에선 조법의 고수로 인정받는 고수이자, 영덕인가의 무공 교두를 담당하고 있었다.

그런 그가 십이용봉대회에 참석할 조카도 잃은 채 제자 둘과 간신히 도망쳤다.

등을 대고 주변을 경계하는 자들 역시 인현과 같은 입장의 십이대세가 소속의 무인들이었다.

바람이 불었다.

“모두 움직이지 마시오.”

인현은 코끝에서 느껴지는 혈향을 맡았다.

오조패황기를 끌어올려 전신을 보호하며 애병 마조(魔爪)를 움직여 보았다.

정적은 한동안 계속됐다.

“인 대협, 차라리 움직이는 것이 어떻소? 이대로 모여 있다가는…….”

한 명이 말을 하다 급히 멈추며 강을 쳐다봤다.

시체들이 줄지어 강을 떠내려가고 있었다.

“떨어지면 안 됩니다. 놈들이 근처에 있소.”

인현은 청각을 집중시키다 갑자기 강을 향해 신형을 날렸다. 그리고는 시체로 보이는 인영 한 명을 건져 되돌아왔다. 아직 숨이 붙어 있었다.

"으으… 놈들… 놈들… 부, 붕대… 커헉!"

인현이 건져 온 자는 의식을 회복하자마자 뭔가 말을 하려다 갑자기 흰자위를 드러내며 전신을 떨었다.

"……!"

인현은 재빨리 몸을 돌려 오조패황기로 몸을 감싼 후 그대로 손을 뻗었다.

쾅!

거친 폭음과 함께 인현의 신형이 뒤로 밀려났으나 일행의 도움으로 강에 빠지진 않았다.

인현은 자신의 상세를 돌볼 생각도 하지 않고 불시에 암습을 가한 자를 찾았다.

"제법인데? 크륵큭."

윗입술이 얇고 눈꼬리가 위로 치켜진 얼굴의 중년인이 인현을 보며 입맛을 다셨다. 무기는 들고 있지 않았다.

'소, 손으로 오조를 막았다고?'

"놀랄 것 없다, 그까짓 장난감으로 막아낼 수 있는 주먹이 아니니."

중년인은 사이한 웃음을 흘렸다.

인현은 시선을 내려 자신의 무기를 쳐다봤다.

오조 중 하나가 엿가락처럼 휘어져 있었다.

"겨, 겨우 한 명······."

"크륵. 사냥은 혼자선 재미없지. 사매, 나오지 그래?"

중년인의 말이 끝나기가 무섭게 인현의 뒤로 그림자가 일어났다.

'어, 언제!'

인현은 돌아보지 않고도 눈앞의 중년인 못지않은 자가 나타났음을 알 수 있었다. 등장만으로 심장에 한기가 들어오는 것 같았다.

오조패황기를 끌어올린 상태인데도 공포로 이가 떨릴 정도였다.

"까르르! 사형, 너무 재밌어요."

'어리다?'

인현의 귀로 들려온 음성은 분명 이십대 여인의 목소리였다.

"여긴 양보하마."

"고마워요. 깔깔깔!"

인현은 천천히 고개를 뒤로 돌렸다.

"큭!"

흑발을 길게 늘어뜨린 이십대 여인이 강 위에 두둥실 떠 있었다. 귀엽고 해사했다. 지나치게 요악스러운 느낌이 강했지만 무척 예뻤다.

"당신들은 누구요?"

"우리? 까르르! 그걸 왜 모르지? 우린 너와 다른 것들을 죽일 사람이야. 그렇죠, 사형?"

"크륵큭."

중년인의 거북한 웃음이 나올 때, 인현은 재빨리 오조로 여인을 공격했다. 그러자 나머지 인원도 동시에 강으로 몸을 날렸다.

"내가 만만해?"

번쩍.

유리처럼 투명한 빛이 소녀의 손에서 빠져나왔다.

빛은 곧바로 수십 개로 갈라지며 덤벼드는 자들을 휩쓸었다.

"이, 이런 무공이라니… 크악!"

인현은 오조를 뻗어보지도 못한 채 강으로 떨어지고 말았다.

"까르르!"

여인은 인현의 눈을 보고서 뭐가 그리 신나는지 흐드러지게 웃었다.

"턱!

인현의 몸이 강에 떨어지며 낸 소리였다.

"어머, 도망치려고 했구나? 한데 어쩌지? 내 유리붕권은 얼음이라 곤란할 것 같은데. 차라리 사형에게 맡길 걸 그랬나?

까르르!"

"사매, 내게 왔으면 시체도 못 찾지. 다 타버릴 테니까. 오랜만에 보는 사매의 유리붕권, 아주 멋지구나. 크륵큭."

중년인은 땅에 발도 디디지 않고 곧장 여인에게 미끄러졌다. 그리고는 뺨을 쓰다듬어 주려 했다.

"어머, 사형. 제 볼에 화상을 남기려고 그래요? 절 만지고 싶으면 유리붕권을 풀고 오세요."

"그랬다가 얼어 죽으면?"

"순간적으로 내장까지 얼면 죽는 것도 모를 거예요. 그럼 행복하지 않나요? 까르르!"

여인은 쇄골을 드러내며 어깨를 덮은 옷을 옆으로 내렸다. 그리고는 곧바로 강바닥을 때렸다.

팡!

여인에게 덤벼들었던 사람들의 몸이 얼음과 함께 떠내려갔다.

"지겨워……."

여인은 갑자기 표정이 어두워지며 한숨을 내쉬었다.

"사매, 참아라."

중년인이 여인을 달랬다.

"언제까지요?"

"……."

"휘지에게 유리붕권을 가르친 지 십 년 됐어요. 더 얼마나 기다려야 하는데요? 우리만 뒤처지는 것 같단 말이에요."

"크륵. 오백 년이나 기다렸으면서 고작 몇 년을 못 참겠느냐? 권좌(拳座)께서 오셨을 때 누구를 가장 반기시겠느냐? 우리에겐 영광만 기다리고 있을 뿐이다. 이번 일만 잘 처리하면 십이대세가를 수족으로 부릴 수 있게 되고, 그렇게 되면 다른 좌(座)의 후예라고 자처하는 것들과는 차이가 분명해지지. 그분들이 없는 세상에 서열을 가려봐야 무의미하다."

중년인의 목소리가 무거워졌다.

여인은 자주 듣는 말인지 내용에 대해서는 아무 말도 하지 않았다. 대신 중년인의 얼굴을 빤히 들여다보다 자리에 주저앉았다.

"사형, 십인회(十人會)는 신경 쓰지 말아요. 자기네들이 멋대로 권절이니, 도절이니 정해놓고 지랄하는 거잖아요. 권좌께선 분명 우릴 곁에 두시려고 할 거예요. 그나저나 사형… 그렇게 진지하게 말하면 너무 멋지잖아요. 흐응……."

여인은 앉은 상태에서 허리를 비틀며 콧소리를 냈다.

바라는 것이 있을 때면 부리는 여인만의 애교였다.

"크륵. 그럴까? 어차피 그분들은 강호의 일을 전혀 모르시겠지. 사매, 장원에는 풍(風) 사제만 보낼까? 나머지 것들이야 우리의 똑똑한 제자 휘지가 알아서 할 테니 나중에 가도… 크크."

"까르르! 사형, 그렇게 해요. 아까 오면서 봐둔 곳이 있어요. 우리, 서둘러요.”

여인이 갑자기 활기를 띠며 몸을 일으키더니 그대로 신형을 솟구쳤다.

파슥—

여인과 동시에 몸을 날린 중년인이 남긴 것은 동그랗게 그슬린 자국이었다.

두 남녀가 신법을 펼쳐 사라진 뒤 말 한 필이 그 자리에 나타났다.

“휘유, 이건 마치 한바탕 전쟁이라도 치른 것 같군. 불과 얼음이라……. 정말 오악무제가 다녀가기라도 한 것 같은 흔적이야. 저들, 이런 능력을 사용하면서도 어째서 지금껏 여의단에 들키지 않았던 거지?”

사마화인은 두 남녀가 사라진 방향을 쳐다봤다.

남겨놓은 흔적만 봐도 쉽게 상대할 수 있는 고수들이 아니었다.

“저들 중 한 명을 상대한다고 해도 나머지 하나는 구성으로도 무리겠지? 끙. 이럴 때 지원 좀 해주시면……. 아니지. 여의총령은 지원 따위를 바라지 않는다. 해주면 좋기는 하겠지만…….”

우울한 말과 달리 사마화인의 표정에는 생기가 넘쳐흘렀다. 말고삐를 잡은 손에 절로 힘이 들어갔다.

“벌써 두 번째구나.”

안휘 지부에 온 이후 싸워보고 싶은 상대를 만난 것이 두 번째였다. 묵이곤을 구해간 청년에 이어.

*　　　*　　　*

무리로 향하는 긴 행렬의 선두.

두 사내가 열 명은 족히 탈 만한 거대하고 화려한 마차를 안내하고 있었고, 마차 뒤로 수십 명의 무인이 따랐다.

"잠시 멈춘다!"

마차 창문 밖으로 나온 손을 발견한 누군가가 소리치자 마차는 금방 멈췄고, 뒤따르던 무인들이 마차 주위로 몰려왔다.

"누가 묵정곤이냐?"

아무도 없는 어둠을 향해 던진 질문치고는 지나치게 거만했다.

그때, 어둠 속에서 예닐곱 명의 인영이 모습을 드러내더니 마차를 향해 다가왔다.

"나다. 곤이는 어디 있느냐, 혁련휘지?"

적의가 가득 담긴 딱딱하고 위협적인 목소리였다.

달빛에 드러난 목소리의 주인은 이목구비 뚜렷한 이십대 후반의 미남이었다.

"곤?"

마차 창문으로 혁련휘지의 얼굴이 반쯤 보였다.

"네놈이 납치해 간 내 동생!"

"아아… 킥킥. 동생을 그렇게 부르는 모양이지? 곤이는 잘 있다. 시킨 일만 잘하면 서로 만나는 건 문제가 없어. 그런데 네 말투, 왜 그따위야?"

혁련휘지의 말이 끝나기가 무섭게 묵정곤의 뺨이 돌아갔다.

짝!

"큭!"

묵정곤은 갑자기 날아든 손에 뺨을 내주고는 황당한 표정으로 주위를 살폈다. 언제 나타났는지도 모르게 현수가 묵정곤의 앞에 서 있었다.

"십이대세가의 주인이 되실 분께 예의를 갖춰라."

묵정곤과 함께 있던 양주묵가의 식솔들은 바짝 긴장된 표정으로 현수를 노려봤다. 이미 기선을 제압당한 상태이기에 뭘 어쩔 수 있는 자들은 아니었다.

"성질 죽이는 게 좋아. 그래야 네 동생이 살 확률도 높아지고. 킥킥."

창문을 통해 혁련휘지의 비웃음 담긴 입가가 보였다.

묵정곤은 주먹을 와락 움켜쥐었으나 덤벼들거나 하진 않았다. 수모를 당한 것보다 묵이곤의 목숨을 살리는 것이 급선무였기 때문이다.

"현수, 장원은 어때?"

"다들 모여 있습니다."

"오늘만 지나면 혁련… 아니지. 이젠 본가와 분가라고 해야 하나? 강호에 새로운 역사가 탄생하겠구나. 따르면 살려주고 거스르면 죽인다."

혁련휘지의 목소리는 더없이 부드러웠으나 눈은 전혀 웃지 않고 있었다. 마치 목적을 이루기 전에는 웃음도 사치라는 듯.

'양주로 돌아가기만 하면 네놈의 뜻이 얼마나 무모했는지 알려주마.'

묵정곤은 이를 악물었다.

양주묵가의 힘을 모두 끌어내서 혁련세가와 전쟁도 불사하겠다는 의지였다.

"혹시나 해서 말해두는데, 너희들은 오늘 이후 집으로 돌아가지 못한다."

"……!"

"너희들 부모를 다루는 간단하면서 아주 효과적인 방법을 알고 있거든. 인질을 데리고 있는 거지. 너희들 부모가 내 말을 잘 듣도록 말이야. 킥킥."

탁.

혁련휘지의 말이 끝남과 동시에 마차 창문이 닫혔다.

그러나 묵정곤을 포함한 십이용봉 중 셋의 표정은 더할 수 없을 정도로 처참하게 구겨졌다. 말도 안 되는 소리였지만 혁련휘지가 데려온 자들이라면 그럴 수도 있을 것 같은 까닭이었다.

"호호호. 소주, 잘했네. 기를 꺾어놓으면 싸움의 반을 가져온 것이나 다름없지."

창문이 닫히자 머리는 반쯤 벗겨졌고 눈썹은 없으며 납작한 코의 오십대 중년인이 혁련휘지의 행동을 얇고 가는 목소리로 칭찬해 주었다.

그의 손에는 삼단으로 접힌 긴 낫이 들려 있었다.

무쌍문주 무쌍겸 희창.

중년인의 신분이었다.

"무쌍권은… 현수에게 처리하라 시키려 했는데 그만두었어요. 희 문주께서 나서는 편이 모양새가 나을 것 같아서 말이죠."

"당연히 내가 나서야지."

무쌍문의 현 문주 무쌍겸 희창은 눈까지 가늘게 뜨며 살기를 드러냈다.

구징효가 나타났다는 말을 듣자마자 그가 제일 먼저 한 일은 애병인 무쌍겸을 갈아두는 일이었다.

"놈을 반듯하게 잘라 무쌍문도들에게 반도의 최후를 알려주겠다."

"물론 풍 사부님께서 나서시기 전에 끝내야 합니다. 아시죠?"

"알지. 내, 이 은혜는 잊지 않고 보답하겠네."

"보답은요, 무슨. 우린 다들 한 식구잖습니까. 무쌍권을 죽일 자신은 있으시죠?"

"흐흐흐."

희창의 눈이 살기로 다시 한 번 번들거렸다.

한 시진 안에 구징효를 만날 수 있었다.

오늘 둘 중 한 명은 죽을 것이다.

*   *   *

남궁현은 황보소소를 데리고 옆방으로 갔다.

벽에는 학이 모이를 삼키는 그림이 그려져 있었고, 한쪽에 치워진 병풍에는 늑대가 홀로 낭떠러지에서 부르짖고 있었다.

"좋은 그림이네. 그렇지?"

"……."

황보소소는 대답없이 남궁현을 쳐다봤다.

할 말을 기다리는 표정이었다.

"섭섭했지?"

"예?"

"한 번도 찾질 않았잖아."

"…아니요."

거짓말이었다.

남궁현을 어릴 때 딱 한 번 봤지만 그때의 기억이 쉽게 잊혀지 않았다. 남자와 그토록 즐겁게 얘기를 해본 기억이 없었기 때문이다.

"솔직히 말할게. 황보세가의 안 좋은 일들에 대해 들었을 때 제일 먼저 네 얼굴이 떠올랐어. 불행이란 말은 너와 전혀 상관없는 말이라고 생각했거든."

"다 지난 일인데요, 뭐."

황보소소의 얼굴이 붉게 달아올랐다.

"무리한 부탁인 것 아는데, 날… 믿어주면 안 될까?"

"예?"

"난 진실보다 강한 건 없다고 생각한다. 진실로 원하면… 그 어떤 것도 이루어지게 되어 있어. 소소야……."

남궁현의 눈빛이 강하게 변했다.

손을 뻗어 황보소소의 손을 잡았다.

움찔.

황보소소는 손을 빼려 했지만 이미 남궁현의 손에 의해 의지대로 되지 않았다.

"나, 남궁 공자님, 손 좀……."

"나를 따라와 주지 않겠니?"

"어딜요? 이, 일단 손을 좀……."

"소소야, 혁련세가를 어떻게 상대해야 할지 나는 두렵다.

하나 결코 물러서지는 않을 생각이다. 네가 이곳에 있다는 말을 들었을 때 나는 심장이 멎는 것 같았어. 이건 운명이다."

남궁현의 목소리가 지나치게 격앙됐다.

황보소소는 빨리 손을 빼야 한다는 생각이 간절했으나 그럴수록 남궁현은 더욱 가까이 다가왔다.

어느새 두 사람 사이의 거리는 남궁현이 고개만 숙이면 얼굴이 맞닿을 정도가 됐다.

남궁현은 황보소소를 지그시 바라보다 서서히 고개를 숙였다.

"남궁 공자님, 그만하세요."

황보소소는 양손으로 남궁현을 밀어내면서 고개를 돌렸다. 하나 남궁현이 느끼기엔 그다지 싫어하지 않는 것처럼 느껴질 정도의 반항이었다.

"소……."

남궁현이 황보소소를 부르며 좀 더 다가가려 할 때, 황보소소는 온 힘을 다해 남궁현을 밀어뜨리고는 뒤도 안 돌아보고 원래의 방으로 돌아갔다.

남궁현은 이마에 손을 대며 짜증스럽게 벽을 때렸다.

"뭐야, 저거?"

황보소소의 행동은 남궁현을 당황하게 만들기에 충분했다. 하나 아직 기회는 남아 있었다. 아직은.

담장 주위를 돌던 용악이 멈춰 섰다.

멀리 장원을 향해 다가오는 일단의 무리가 보였다.

“많이도 오네요.”

“뭐가 보여?”

구징효는 용악의 말을 듣고 아무리 안력을 돋워도 보이지 않자 담장 위로 올라갔다.

“올 놈들이 온 거겠죠.”

“올 놈이라면… 혁련세가?”

“아마도요.”

용악의 대답에 구징효는 눈을 가늘게 뜨며 최대한 집중했다.

그러자 점으로 보이던 것들이 점점 크게 보였다.

어느 순간, 구징효의 기세가 크게 일어났다.

“구노, 왜 그래요?”

“저, 저…….”

구징효가 말까지 더듬었다.

낯익은 표식을 본 까닭이다.

“희… 창!”

굳이 이유를 묻지 않아도 될 정도로 한이 담긴 목소리였다.

구징효와 희창이 익힌 무공은 달랐다.

구징효는 처음부터 무쌍문의 무공을 익힌 반면, 희창은 나중에 무쌍문으로 들어온 까닭이다.

그러나 구징효의 기는 희창으로 하여금 마차를 세우게 만들었다.

"소가주, 개인적인 용무를 봐야 할 것 같네."

"무쌍권이 왔나요?"

"주제에 먼저 부르고 있군."

"그래요? 그럼 들어가 있을 테니 처리하고 오세요."

"알았다."

희창은 짧게 대답한 후 마차에서 내렸다.

구징효를 찾는 데는 눈 몇 번 깜빡일 정도의 시간밖에 걸리지 않았다.

장원 담장 위.

무모할 정도로 자신을 드러내 놓은 구징효가 보였다.

"구징효."

희창은 이를 갈아붙이며 구징효를 향해 한 발을 내디뎠다.

"이놈, 희창."

구징효는 희창이 자신을 보자 피가 거꾸로 치솟으며 전신이 끓어오르는 것 같았다.

이십여 장의 거리를 두고 선 희창은 반질거리는 머리를 손바닥으로 쓸었다.

"죽을 자린지 살 자린지도 모르고 날뛰던 무쌍권은 어디

갔나?"

희창이 먼저 입을 열었다.

구징효는 양 주먹을 쥔 채로 희창을 노려봤다.

희창을 본 순간 피가 끓어올랐다.

그러나 섣불리 손을 쓰진 않았다.

담 위는 희창보다 유리한 자리였다.

"겨우겨우 살아났으면 죽을 때까지 얌전히 숨어 지낼 것이지, 왜 다시 기어나온 거냐?"

"큭. 겨우겨우? 내게 문도들을 집어던지며 어떻게든 살아보겠다고 기를 쓰던 놈이 누군데?"

"호호, 그럴 리가. 무쌍문의 문주가 문도들을 그렇게 다룰 리가 없지. 예전이나 지금이나 거짓말하는 건 서투르구나."

"크큭, 지나가던 개가 웃을 일이군. 네가 왜 문도들을 던졌냐고? 간단해. 넌 개새끼니까."

"호호호, 낭인들과 어울리더니 입이 아주 걸레가 됐구나, 구징효."

낭인이란 말이 나오자 구징효는 소태 씹은 표정이 됐다. 소재까지 파악하고 있으면서 모른 척하는 태도에 역겨움이 일어난 까닭이다.

"내 입이 아무리 더러워도 네 낯짝보다 더할까. 크큭."

"그 입심은 여전하구나. 한데 어쩌지? 기다리는 사람이 있어서 더는 네 푸념을 들어줄 수가 없겠는데?"

희창은 말로 해선 안 되겠는지 들고 있던 낫을 폈다.

'쫙' 소리와 함께 삼 단이었던 겸이 자루 달린 겸으로 변했다.

"기다리는 사람? 크하하! 가관도 이런 가관이 없구나. 무쌍문으로 부족해서 혁련세가의 개가 된 게냐? 그래, 혁련세가에서 네 더러운 낯짝을 데려다 뭘 하겠다더냐?"

"혁련세가? 호호호. 구 가야, 나는 혁련세가 따윈 안중에 두지 않는다."

'혁련세가의 마차를 타고 왔으면서 혁련세가 따위는 관심 없다? 이놈, 또 무슨 꿍꿍이를 피우려는 수작이지?'

희창의 태도로 보아 거짓말을 하는 것 같진 않았다.

"구노, 옛 친구 만났어요?"

담 아래서 용악이 살벌한 분위기와 상관없이 태연하게 물었다.

구징효에게 이보다 더한 자극은 없었다.

"큭. 말 같지도 않은 소리 마라."

"오래 기다리지 않는 거 알죠?"

"알지."

구징효는 대답과 함께 담에서 내려섰다.

"참, 구노, 전에 내가 한 말 기억해요?"

용악이 담 위로 고개를 내밀었다.

"뭐?"

“구노의 몸은 구노가 생각하는 것보다 훨씬 단단해요.”

“…….”

“웬만한 병기로는 구노의 몸에 상처 내는 것도 쉽지 않을 거예요.”

“그런데?”

“대충 몇 대 맞아도 괜찮다고요.”

“큭. 그걸 지금…….”

구징효의 한쪽 눈썹이 올라가며 말을 흐렸다.

“뭐라고요?”

“지금 상황하고 어울리는 말이냔 말이다, 이 빌어먹을 놈아! 쿵!”

구징효는 힘차게 콧방귀를 뀌고서 갖은 인상을 다 썼다.

희창이 볼 땐 무척 홍미로운 광경이 아닐 수 없었다.

‘저 어린놈은 누구지?’

희창의 살기 어린 시선이 용악을 향했다.

특별히 대단한 구석이라고는 보이지 않는데 구징효를 너무 편하게 대하고 있었다.

“구 가야, 저 어린놈은 누구냐?”

희창은 다가오는 구징효의 뒤를 눈짓으로 가리켰다.

구징효는 돌아보지 않아도 용악이 어떻게 하고 있을지 떠올라 웃었다.

“누구냐고? 크큭. 괴물.”

"괴물? 흐흐흐. 유치하구나, 구 가야. 그런 말을 한다고 내가 신경이나 쓸 것 같으냐?"

"그래? 그건 네 눈이 썩어서 그렇다. 안됐구나, 썩은 눈을 가져서. 크큭."

구징효는 입꼬리까지 올리며 대놓고 비웃었다.

그 모습에 희창은 자극을 받았다. 마치 용악이 대단한 지원군이라도 되는 것처럼 구는 까닭이다.

"큭. 더 기다려 줄까? 핑계를 대려면 서둘러야 할 거야. 저 친구, 오래 기다려 주는 성격이 아니거든."

고민하는 희창의 모습을 보며 구징효가 다시 한 번 속을 긁었다.

"흐흐흐. 구 가야, 그동안 실력이 는 모양이구나?"

"내 실력은 예나 지금이나 네놈 위야. 그리고 그 자식 참 더럽게 말 많네. 간다!"

구징효는 이리저리 떠보는 희창의 잔머리에 넌더리를 내며 그대로 주먹을 뻗었다.

부— 웅!

콰우— 콱!

희창 역시 겸을 휘두르며 대응했다.

구징효는 이 순간을 얼마나 기다려 왔는지 모른다.

쾅!

둘은 부딪치자마자 곧바로 떨어졌다.

서로의 실력을 알아보기 위해 가볍게 부딪친 공방이었으나 희창은 일보 반, 구징효는 일보 뒤로 물러섰다.

이젠 본격적으로 응징을 해야 할 때가 됐다.

구징효는 커다란 기합 소리와 함께 양 주먹을 내밀었다.

처음부터 무쌍포 대붕을 사용하려는 것이다.

"어딜!"

희창은 구징효의 무쌍포 대붕을 알아보고는 곧장 허공으로 솟구쳤다. 대붕의 공격 범위는 눈에 보이는 것이 전부가 아니었다.

꾸드득!

목표가 사라진 땅에 닿는 것 같던 구징효의 권에서 기이한 음향이 일었다. 희창이 주의하던 대붕에 회전이 일어나는 소리였다.

'이대로 피하면 기선을 뺏기게 된다.'

희창은 겸을 손에서 떨어뜨리며 몸을 뉘었다. 그리고는 겸 끝을 양발로 잡고서 몸과 함께 회전시키기 시작했다.

무쌍권에 대붕이 있다면 무쌍겸에는 대주겸이 있었다.

두 회전력은 서로를 끌어당기며 그대로 충돌했다.

콰쾅!

두 사람이 다시 떨어지려 할 때였다.

'……!'

폭음을 자르며 무언가 날아왔다.

구징효는 급히 머리를 숙이며 섬뜩한 예기를 피했다.

쏴아악!

핏!

희창의 겸이 구징효의 코끝을 스치며 지나갔다.

"응?"

구징효와 희창의 대결을 지켜보던 용악의 시선이 장원 정문 쪽으로 돌아갔다.

정문에는 마차에서 내린 청년 한 명과 네 명의 무인이 장원으로 들어갔고, 나머진 분주히 주위로 움직이고 있었다.

용악의 주의를 끈 것은 그들이 아니었다.

미묘한 움직임이 용악의 귀에 포착됐다.

누군가가 정문 쪽에서 구징효가 싸우고 있는 곳으로 이동하고 있었다.

용악의 신형이 떠오르며 담 아래를 살폈다.

용악과 삼십여 장 떨어진 곳에 멈춘 인영은 팔짱을 끼고는 싸움을 바라봤다.

속셈이 명확하지 않았다.

"관계를 명확하게 해두자고."

용악은 장원으로 들어간 자들을 살피고 싶었으나 구징효를 두고 움직일 순 없었다.

용악의 신형이 순식간에 담에서 모습을 감췄다가 다시 나타난 곳은 팔짱을 낀 채 구징효의 싸움을 집중해서 바라보는 현수의 머리 위였다.

“사형… 저런 허접한 주먹 하나 다루지 못해서야 어떻게 큰일을 하겠다고…….”

현수는 구징효가 지난번과 완전히 다른 사람이란 것도 모르고 고전하는 희창을 한심하게 바라봤다.

그때였다.

턱.

현수의 어깨에 무언가 얹혀졌다.

“……!”

“구노의 주먹이 썩.대단하지 않다는 건 동의하지만, 그걸 덮고도 남을 정도의 장점도 가지고 있지. 바로 저 몸이야. 너처럼 이화유능제에 당하고 벌벌 떨진 않는단 말이지.”

용악이 현수의 옆으로 내려서며 친절하게 설명해 주었다.

“……”

현수는 언제 제압당했는지도 몰랐다.

말을 하고 싶어 입을 벌리려 해도 의지대로 되질 않았다.

“너지?”

“……”

“황보세가에 침입해 이상한 서찰을 전한 자가. 오늘은 경고로 끝나지 않을 거야.”

‘경고… 그때 그 예기……!’

현수의 눈이 커졌다.

구징효의 무쌍권을 상대해 보고 난 후 뭔가 이상하긴 했다. 황보성의 방에서 현수를 향해 쏘아내던 무시무시한 예기의 주인이 따로 있었던 것이다.

"흑!"

용악의 손을 뿌리치기 위해 몸을 비틀던 현수의 입에서 갑자기 비명이 터졌다.

"힘쓰지 마. 그럴수록 힘들어지는 건 너니까. 구노가 볼일을 마칠 때까지 가만히 있어."

용악은 조용히 말만 했지 힘을 쓰고 있지 않은 것 같았다.

현수는 용악이 사용한 수법이 뭔지 알아내기 위해 쉴 새 없이 머리를 굴리고 또 굴렸다. 하나 용악의 이화유능제를 알아낼 방법은 없었다.

구징효와 희창은 수십 차례나 부딪쳤다가 떨어지길 반복했으나, 승부는 나지 않았다.

구징효는 욱신거리는 어깨와 반대쪽 팔을 매만졌고 희창은 두부에서 흘러내리는 피로 얼굴 반쪽이 붉었다.

"대주겸에 맞고 잘리는 게 아니라 멍이 들어? 흐흐, 정말 그때나 지금이나 무식하게 몸을 단련하는 건 여전하구나."

"너야말로 대붕에 쳐 맞고도 뒈지지 않은 걸 보니 그동안 얼마나 야비해졌는지 알겠다."

"야비? 흐흐, 진짜 야비한 게 뭔지나 알고 지껄이는 거냐?"

희창의 눈빛이 변했다.

구징효는 무슨 수법을 사용할지 알 것 같았다.

황보세가에서 현수가 구징효에게 사용했던 수법을 쓰려는 것이다.

"크큭. 그걸 사용하려는 거냐? 안 그래도 기다리고 있었다. 일전에 황보세가를 침입했던 놈과 네놈은 무슨 관계냐? 야비한 것이 똑같던데."

"황보세가?"

"나를 쫓아낼 때 사용했던 그 무공을 사용하더구나. 그걸 뭐라고 부르나?"

"……."

희창은 곧바로 대답하지 않았다.

숨을 고르며 구징효를 바라봤다.

"후우, 이젠 정말 끝장을 봐야겠구나. 그건… 정구도(井九刀)라 한다."

"정구도? 쿵. 들어본 적 없는 무공이군. 한 가지 더 묻자. 그런 무공을 익히고 있으면서 왜 무쌍문에 들어온 거냐?"

"우리 것을 되찾으려고."

"우리? 니들이 누군데?"

"흐흐흐, 그건 네가 죽은 뒤에나 알아봐라."

대답을 마친 희창의 기세가 달라졌다.

겸끝을 만지작거리더니 무언가를 뺐다.

스릉!

도(刀)였다.

"그게 정구도냐?"

희창은 구징효의 비웃음도 아랑곳하지 않고 도를 들었다.

조금 전과는 비교도 할 수 없는 진지함이었다.

현수는 용악의 손에서 벗어날 수 있는 가정을 수백 가지 해 봤다.

'이놈은 지금 내 몸에 흐르는 진기를 이용하고 있다. 운기를 하지 않고 순간적으로 힘을 낼 수 있는 방법… 내부가 아닌 외부로… 역귀궁심법?

신체의 기능을 가늘게 정지시켜 주는 귀식대법의 한 종류였다.

용악이 현수의 몸 상태를 훤히 꿰뚫고 있다면 한 번의 반격은 가능할지도 몰랐다.

현수는 천천히 숨을 들이마셨다가 들이마시는 것의 배는 느리게 뱉어냈다. 몇 번 반복한 후, 내뱉는 시간을 더욱 느리게 뱉었다. 한동안 반복하자 현수의 의식이 서서히 가물가물해지기 시작했다.

'지금이 아니면… 지금이 아니면……'

간절함을 담아 속으로 외쳐 보지만 용악에게선 반응이 없었다.

더 이상 버티기 힘들어 의식을 끊으려는 순간, 무언가가 현수의 심장 부위에 닿았다.

번뜩!

현수는 곧바로 진기를 일으키며 있는 힘껏 정구도를 수법으로 변환시킨 공격을 퍼부었다.

빡!

묵직한 소리가 났다.

현수는 곧바로 몸을 굴려 옆으로 이동했다.

"후읍… 후읍……."

정신을 차리기 위해 고개를 짧게 흔들며 용악이 서 있던 곳을 바라봤다.

흐렸던 초점이 또렷해졌다.

용악이 손을 매만지며 현수를 쳐다보고 있었다.

"몸이 이화유능제에 반응하지 못하도록 만든다? 좋은 시도였다."

"손이었나?"

현수는 조금 전 자신의 공격을 막은 용악의 손을 노려봤다. 용악의 이화유능제에서 벗어나며 곧바로 심장을 노렸는데, 그것이 용악의 손에 의해 막혀 버린 것이다.

"아까웠다. 성공했다 해도 결과는 마찬가지였겠지만. 그건 그렇고, 놈들의 무공을 너는 어떻게 알고 있는 거지?"

“놈들? 무슨 말이냐?”

“후후후, 지금 그것. 원래는 도로 펼치는 거잖아. 뭐라더라? 정 뭐라고 했던 것 같은데?”

“……!”

용악의 한마디는 현수의 뇌가 크게 흔들렸다 내던져진 충격을 안겨주기에 충분했다.

현수는 신형을 비틀거리다 고개를 가로저으며 억지로 균형을 잡으려 애썼다.

현수의 무공을 알아본 자는 지금껏 단 한 명도 없었다. 지난 오백 년 동안 한 번도 드러난 적 없는 무공이기 때문이다.

“그래, 정구도였던가? 그렇게 불렀던 것 같다.”

“부, 불렀던… 어떻게 네가 정구도를 알고 있는 거지?”

“싸워봤으니까, 그들과.”

용악은 당연한 걸 왜 묻느냐는 표정으로 현수를 쳐다봤다.

“……!”

현수의 눈이 더 이상 커질 수 없을 때까지 치떠졌다.

눈앞의 용악이 하는 말을 믿을 수 없는 탓이다.

“개, 개소리. 마, 말이 된다고 생각하느냐? 네, 네까짓 게 그분과 싸웠을 리가… 없다. 그분과 만났다면 네가 두 다리로 서 있을 수 없…….”

“그분? 그들을 알아?”

용악의 눈이 갑자기 사나워졌다.

그 기세가 어찌나 사나웠는지 현수는 용악을 보며 말도 안 되는 생각을 하게 됐다. 정말로 용악이 도좌(刀座)와 싸웠을지도 모른다는.

'이, 이자… 권좌(拳座)의 후예들이 아니면 상대할 수 없다.'

화, 빙, 풍의 유리붕권을 사용하는 세 명.

그들은 현수나 희창보다 권좌의 무공을 더 많이 익히고 있었다.

"그들이 천산을 넘어왔느냐?"

"……!"

현수는 기겁을 하며 뒤로 물러섰다.

천산이란 지명이 갖는 의미를 너무나 잘 알고 있었기 때문이다.

용악이 움직였다. 아니, 움직이는 것 같다는 생각이 든 순간, 현수의 목은 용악의 손으로 빨려 들어갔다.

목을 잡힌 현수는 또다시 무기력한 상태가 되고 말았다.

"그들이 천산을 넘어왔느냐?"

용악은 재차 묻다가 현수의 상태를 보고 손아귀의 힘을 풀었다. 이화유능제를 조절하여 움직이는 데 지장이 없도록 하는 것도 잊지 않았다.

"모, 모른… 네놈… 주, 죽… 커헉!"

"너는 정말 알고 있구나, 그들을."

용악이 조금 더 현수의 목을 욱죄려 할 때였다.

구징효와 희창의 싸움이 막바지에 이르렀다.

쾅!

거친 폭음과 함께 먼지가 주위를 덮었다.

곧이어 먼지를 뚫으며 인영 하나가 비틀거리며 빠져나왔
다.

"구노."

第五章
그들은 천산을 넘었느냐?

한 사람의 등장으로 방 안에 정적이 흘렀다.

그는 방으로 들어서자마자 당연하다는 듯 탁자 끝으로 걸어갔다.

사람들은 일제히 남궁현의 굳어진 얼굴을 쳐다봤다.

두 사람의 거리가 좁혀졌다.

"지금이오, 지금!"

남궁현을 향해 낮은 목소리들이 무언가를 요구했다.

한두 사람의 목소리가 아니었다.

방 안 전체의 목소리였으며, 남궁현이 방 안으로 들어선 혁련휘지를 공격하길 바라는 모두의 마음이었다.

그러나 남궁현은 혁련휘지가 코앞까지 오도록 내버려 두었다.

"비켜."

혁련휘지의 명령은 너무나 자연스러웠다.

남궁현은 혁련휘지를 똑바로 쳐다보며 움직이지 않았다.

"뭐야, 남궁현? 진짜 영웅이라도 되고 싶은 거야?"

혁련휘지가 남궁현을 보며 비웃음을 흘렸다.

"자, 자네가 이곳은 어쩐 일인가?"

남궁현이 벌게진 얼굴로 말을 더듬었다.

"뭐?"

혁련휘지의 눈썹 한쪽이 올라간다 싶은 순간 남궁현의 뺨을 향해 무언가 날아갔다.

퍽!

남궁현의 뺨이 돌아가며 몸과 함께 한쪽 구석으로 날아갔다.

"여긴 어쩐 일이냐고? 병신이 아주 제대로 꼴값하고 있네. 병신아, 이것들을 모으라고 장원까지 내준 내가 왜 못 오는데?"

혁련휘지는 얼굴 전체에 경멸을 담아 쓰러진 남궁현을 쳐다봤다. 그리고는 고개를 돌려 누군가를 찾았다.

"단목철, 이번엔 네가 병신 같은 말을 할 차례였냐?"

혁련휘지의 시선이 단목철에 닿자, 단목철은 얼른 고개를 돌렸다.

사람들의 불신 가득한 시선이 그를 향해 있었다.

"그, 그게……."

단목철이 흐르는 땀을 연신 소매로 훔치며 뒷걸음질 쳤다.

"묵정곤, 내가 말했잖아. 말만 잘 들으면 동생을 만나게 해 주겠다고."

"이게 어찌 된 일이에요, 단목 공자? 어째서 저놈이 이곳에 온 거죠?"

예소정이 날카로운 쇳소리를 방불케 하는 뾰족한 목소리를 냈다.

혁련휘지의 시선이 예소정에게로 향했다.

"형양예가의 예 소저입니다."

단목철이 혁련휘지의 곁으로 다가가 재빨리 알려주었다.

"기가 막혀서……."

예소정은 황당한 표정으로 단목철을 노려봤다.

지금까지 단목철의 모든 행동이 거짓임을 보여주는 행동이었다.

"남궁현, 뭐 해? 누워서 질질 짜고 있는 건 아니지? 어디 보자… 오!"

혁련휘지는 아직 일어나지 않고 있는 남궁현을 조롱하며 자리에 앉았다.

한눈에 방 안의 모든 사람이 들어왔다.

혁련휘지의 시선이 한곳에 멈추었다.

흐트러짐없는 자세를 유지한 채 혁련휘지를 바라보며 전신을 떨고 있는 여인,

"황보소소."

"……!"

단목철과 남궁현이 무슨 짓을 했는지 깨닫는 데는 오래 걸리지 않았다. 하나, 혁련휘지는 두 사람의 배신감에 치를 떨 시간도 주지 않았다.

"좋았던 모양이지?"

"무슨 말이냐?"

"단목철과 남궁현, 잘생긴 놈들에게 대접을 받았잖아? 태산 촌구석에선 그런 경험 못해봤지? 대접받으니 공주라도 된 것 같지 않았어? 킥킥. 네 아비가 패혈신마를 잡겠다고 집만 나가지 않았어도, 네 두 오빠가 무슨 연합에 들어간다고 집만 나가지만 않았어도, 매일 그랬을 테지만. 킥킥킥."

"……!"

황보소소는 전신에 소름이 쫙 돋았다.

혁련휘지가 하는 말은 모두 사실이었으나, 그것은 황보소소와 황보성을 제외한 다른 사람들은 모르고 있는 일이었다.

"호, 혹시 당신이……."

"십이용봉대회에 참석하면 알려준다고 한 사람이 나냐고? 맞지. 나야, 나. 파하하!"

“……!”

혁련휘지의 조소에 황보소소는 곧이라도 쓰러질 듯 비틀거렸다.

“혹시 네 아비와 두 오빠를 죽인 사람이 누군지 아느냐고 물어봐.”

“…….”

“물어봐. 혹시 알아? 가르쳐 줄지?”

“누, 누구냐?”

“누구긴 누구야. 나지. 크크큭.”

“주, 죽… 아!”

황보소소는 얼굴이 창백해지며 말을 잇지 못했다.

아득해지는 정신을 가까스로 챙기려 했으나 몸이 말을 듣지 않았다. 옆에 있던 묵이곤이 재빨리 부축하지 않았으면 쓰러졌을지도 모른다.

묵이곤은 황보소소를 부축한 채 혁련휘지와 함께 들어온 묵정곤을 눈으로 불렀다. 하지만 묵정곤은 안타까운 시선밖에 보낼 수가 없었다.

“혹시나 해서 말해두는데, 엉뚱한 짓은 하지 않는 것이 좋아. 특히 뒤쪽.”

혁련휘지가 가리킨 곳엔 형양예가 등에서 온 무리가 분노 가득한 얼굴로 무기에 손을 대고 있었다.

“하지 마시오.”

묵정곤이 나서서 그들을 만류했다.

장원으로 들어오기 전에 묵정곤은 혁련세가의 상급 무장들을 봤다. 그들 모두 절정고수 이상의 무공들을 지니고 있었다.

무엇보다 혁련휘지는 그런 자들을 밖에 두고 홀로 들어왔다. 혼자서도 얼마든지 자신있다는 뜻이다.

그런 묵정곤의 생각을 읽었는지 혁련휘지는 환하게 웃었다.

말 잘 듣는 강아지 같은 남궁현과 단목철에 곧이라도 실신할 것 같은 황보소소까지.

혁련휘지의 의도대로 진행이 됐다.

단목철이 황보소소의 환심을 사게 했고, 남궁현으로 하여금 타 세가들을 의기투합시켰으며, 그때를 노려 혁련휘지는 등장하려 한 것이다.

모두가 '혁련세가 타도'를 외칠 때, 혜성처럼 나타난 혁련휘지는 남궁현을 손짓 하나로 벌벌 기게 만든다!

혁련휘지는 생각만 해도 통쾌한지 마구 웃음을 터뜨렸다.

"대단하지 않느냐? 누가 있어 십이대세가를 하나로 묶을 생각을 했을까? 내가 그것을 해냈다. 혁련세가와 열한 개의 가신을."

혁련휘지는 생각만 해도 기분이 좋아지는지 쓰러져 있는 남궁현에게 다가가 일으켜 주었다.

"며칠 후, 혁련세가의 안휘 분가인 남궁가에서 새로운 대회가 열리게 될 것이다. 어떠냐, 남궁현? 네가 제안한 일이잖아?"

혁련휘지의 말에 다들 분개하며 자리에서 일어났다.

그러나 정작 당사자인 남궁현은 고개를 숙인 채 아무런 행동도 취하지 않았다.

"남궁현, 대답 안 해?"

혁련휘지의 목소리가 차가워졌다.

"…여, 영광으로 생각합니다."

남궁현의 마지못한 대답은 일말의 기대를 버리지 않고 있던 용봉들에게 큰 실망을 안겨주었다.

"홍! 형양예가는 혁련휘지 네 뜻대로 움직여 줄 생각이 추호도 없다. 우린 돌아가겠다. 이 호법, 떠날 채비해."

예소정이 혁련휘지를 노려보다 몸을 돌려세웠다.

"예소정이라고 했던가? 그 문을 나가면 어떤 일이 벌어질지 듣고 싶지 않아?"

"전혀."

"그 문을 나가면 너와 네 식솔은 전부 죽는다. 또한 형양예가는 오늘로 기왓장 하나 찾을 수 없게 돼. 너 때문에 말이지."

"가, 감히!"

예소정은 재빨리 돌아서며 혁련휘지를 향해 손을 쓰려 했다. 하지만 손은 끝까지 뻗어지지 않았다.

"잘 생각했다. 그 손이 조금만 더 나왔어도 너는 평생 불구
로 살았을 거야."

혁련휘지가 웃었다.

무슨 생각을 하는지 전혀 알 수 없는 웃음이었다.

"우, 우릴 어쩌려는 거냐?"

"우리? 이젠 너 혼자야, 예소정."

"그게 무슨… 윽."

휘익—

갑자기 바람이 인다 싶더니 예소정의 머리칼을 흔들며 옆
으로 지나갔다.

사악!

"……!"

섬뜩한 느낌이 어떤 건지 예소정은 태어나 처음으로 직접
느낄 수 있었다.

예소정을 따르던 이 호법과 식솔들의 몸에서 피가 배어 나
왔다.

"이, 이 호법… 꺄아아악!"

예소정의 비명과 함께 다섯 명의 몸이 여러 조각의 고깃덩
이로 변해 바닥으로 떨어졌다.

'무슨 수법을 사용했는지 전혀 보질 못했다!'

묵정곤은 바로 곁에서 지켜봤으면서도 누가 이 호법 등을

죽였는지 보지 못했다.

"황보소소, 이쯤에서 하고 싶은 말이 없느냐?"

혁련휘지는 일말의 감정 동요도 없이 시선을 황보소소에게로 옮겼다.

"무슨 말을 하라는 거냐?"

충격으로 몸조차 가누지 못하던 황보소소가 혁련휘지를 똑바로 마주 보며 당차게 물었다.

"뭐?"

덜덜 떨며 기라면 길 것처럼 행동하던 황보소소의 예상치 못한 반격에 혁련휘지는 인상을 구겼다.

"지금 뭐라고 했는지 다시 한 번 말해보겠느냐?"

혁련휘지는 몸이 다 떨렸다.

당연히 살려달라고 애원을 해야 하는 황보소소가 오히려 차가운 눈으로 쏘아보고 있었기 때문이다.

"당신은 내 아버님과 두 오빠를 죽였어. 그런 자에게 무슨 말을 하라는 거냐?"

"그, 그런 자?"

혁련휘지의 얼굴이 완전히 일그러졌다.

"왜! 왜 아버지와 오빠들에게……!"

황보소소는 차마 끝까지 말을 잇지 못하고 악을 쓰며 울었다.

"너 때문이야!"

"……?"

"내 손짓 하나에 벌벌 기는 저런 병신 같은 놈이 뭐가 좋다고……. 내가 저 병신보다 못한 게 뭔데? 왜 나를 무시한 건데?"

혁련휘지는 얼굴까지 붉어지며 고래고래 소리를 질렀다.

그러나 황보소소는 무슨 말인지 전혀 알지 못했다.

한 번도 본 적 없는 혁련휘지가 마치 잘 아는 사이처럼 말하는 것도 이상했고 남궁현과 비교하는 것도 이상했다.

"내가 언제? 난 당신을 본 적도 없어!"

"보, 본 적이 없다고? 킥킥킥. 구 년 전! 그래도 기억이 안 나?"

"기억나지 않아."

"거짓말! 그때 네년은 나를 봤어! 그리고 무시했지. 그런 년이 저 새끼가 손을 건네니까 냉큼 잡아? 네까짓 게 뭔데 감히 나를! 네년은 물론이고 네년을 낳은 아비도, 가족도 모두 씨를 말려야 해! 나를 무시하는 것들은 전부 다 그렇게 될 거야!"

혁련휘지의 눈에서 광기가 번들거렸다.

누가 봐도 제정신으로는 할 수 없는 말과 행동들이었다.

'구 년 전?'

황보소소는 재빨리 구 년 전으로 기억을 되돌렸다. 하나 혁련휘지를 봤던 기억은 전혀 나질 않았다.

"억지로 기억 안 나는 척할 필요 없어. 어차피 오늘이면 다

끝나니까. 구 년 전 그날, 그곳에 있었던 것들은 모두 죽는다. 남궁현, 시간 됐다.”

혁련휘지는 흥분해서 흐트러진 머리칼을 쓸어 올리며 남궁현을 쳐다봤다.

두 사람 사이에 약속한 무언가가 있는지 남궁현은 떨리는 눈동자로 혁련휘지를 쳐다봤다.

“약속은… 지켜라.”

“물론.”

혁련휘지가 차갑게 웃었다.

남궁현은 혁련휘지의 말이 끝나자 귀신에 홀린 사람처럼 걸어가 바닥에 떨어진 검 한 자루를 쥐었다.

“미안하다… 소소야. 이럴 수밖에 없다. 이래야 우리 가족이 살아.”

남궁현은 차마 황보소소를 돌아볼 수 없다는 듯 읊조렸다. 이미 한 번 당한 경험이 없었다면 황보소소도 깜빡 속아 넘어갈 정도로 자연스러운 연기였다.

“저 사람 얘기 못 들었어요? 다 죽인다잖아요? 남궁 공자님…….”

“미안하다.”

“당신도 미쳤군요, 저 살인마만큼. 아니, 저 살인마보다 더 미쳤어요!”

“내 가족을 살려야 해, 소소야.”

남궁현의 눈이 더욱 애절하게 변했다.

이미 가족을 잃은 황보소소에게 사정을 하는 것이다.

"아버지와 두 오빠를 저 살인마가 죽였어요! 저런 자가 약속을 지킬 것 같아요?"

황보소소의 외침에 남궁현의 눈동자가 흔들렸다.

죄책감 때문이 아니었다. 곁눈질로 본 혁련휘지의 표정에 귀찮음이 묻어났기 때문이다.

"내겐 선택의 여지가 없다."

남궁현은 검을 들어 올렸다.

그대로 검을 내리면 검끝이 닿을 곳은 황보소소의 목이었다.

황보소소는 눈을 질끈 감았다.

용악을 부를 용기가 차마 나질 않았다.

단목철의 장원으로 들어온 이후 황보소소는 용봉들과 대화하는 것을 즐겼고, 용악과 구징효는 단지 식객일 뿐이라고 했으며, 보호해 주려는 두 사람을 떨어져 있으라고까지 했다.

"황보 누나……."

묵이곤이 겁먹은 눈으로 황보소소의 손을 꼭 쥐었다.

황보소소가 눈을 뜨자 아직 검은 내려오지 않고 있었다.

황보소소는 묵이곤을 바라봤다.

묵이곤의 작은 손이 떨리는 것이 느껴진다.

황보소소의 입술이 열렸다.

"묵 공자, 피해요."

황보소소는 애써 웃으며 묵이곤을 옆으로 밀었다.

순간, 남궁현이 들어 올린 검이 빛을 반사했다.

그때였다.

콰창!

창문이 부서지며 그림자라고 여겨지는 인영 한 명이 방 안
으로 들어오며 남궁현의 칼날을 잡았다.

"요, 용 소협……."

당당히 앞을 막아선 용악의 모습에 황보소소는 미안함, 죄
책감, 고마움이 한꺼번에 가슴을 밀치고 올라오는 것을 느꼈
다.

주르륵—

눈물이 저절로 흘러내렸다.

이렇게 넓은 등을 가진 사람이 곁에 있다는 걸 왜 몰랐을
까?

"이젠 괜찮아요."

용악이 황보소소의 마음을 편안하게 해주었다.

괜찮은지를 묻는 것이 아니라 괜찮다는 것을 알려주는 한
마디였을 뿐인데 황보소소는 이미 마음이 편안해질 수 있었
다.

"용 소협, 제가 정신이 나갔었어요. 죄송해요, 죄송해
요……."

“구노, 황보 소저를 데리고 나가요.”

용악의 말이 끝나기도 전에 뒤따라 들어온 구징효가 황보 소소의 허리를 감싸 안았다.

“큭. 준비됐다.”

구징효는 그대로 몸을 날려 창문을 빠져나갔다.

“너구나. 어쩐지 무쌍권이 한 짓이라고 하기엔 이상했어. 초로도 네 솜씨냐?”

혁련휘지는 구징효가 창문 밖으로 나가는 것에 개의치 않았다. 어차피 밖을 지키고 있을 상급 무장들에 의해 되돌아오게 되어 있기 때문이다.

용악은 구징효가 완전히 밖으로 나간 것을 보고 나서야 혁련휘지에게로 눈을 돌렸다.

눈과 눈 사이가 좁고 윗입술이 얇았으며 얼굴도 길었다.

“닥치고 있어.”

용악이 짧게 끊어서 말했다.

“하!”

혁련휘지가 어이없는 웃음을 터뜨리기 위해 얼굴 근육을 움직이려 할 때였다.

빡!

검을 놓는 것도 잊고 있던 남궁현의 얼굴에 용악의 주먹이 작렬했다.

주르륵 미끄러지는 남궁현이 쓰러질 곳으로 먼저 이동한

용악이 이번에는 머리를 잡고 공중에서 한 바퀴 돌린 뒤 그대로 바닥에 내쳤다.

쿵!

지켜보던 사람들은 속이 다 시원해진 표정이 됐으나 용악의 무시무시한 손길은 멈추지 않았다.

"아, 안 돼……."

단목철은 다음이 자신의 차례란 것을 알고 급히 혁련휘지 곁으로 도망쳤다.

그것만으로는 용악을 멈추게 하지 못했다.

"내 말, 아직 끝나지 않았어!"

혁련휘지는 자신의 공간을 마음대로 휘젓고 다니는 용악을 향해 손을 흔들었다. 형양예가의 식솔들을 자를 때 사용한 수법이었다.

"조심해요!"

예소정이 큰 소리로 경고했다.

이 난관을 타개할 유일한 사람이 용악이란 것을 깨달은 것이다.

용악을 깔보던 마음은 이미 남궁현을 거리낌없이 응징할 때 사라지고 없었다.

쾅!

"웃!"

좁지 않은 공간이었으나 기파가 사방으로 퍼지며 용봉들

을 엎드리게 만들었다.

'어떻게 됐지?

예소정은 재빨리 고개를 들어 상황을 살폈다.

용악이 아직도 움직이고 있었다.

공격을 가했던 혁련휘지는 보이지 않았다.

단목철에게 다가간 용악은 거침없이 발을 뻗었다.

퍽!

단목철은 쇳덩이를 안은 것처럼 허리를 구부리며 그대로 벽에 부딪쳤다.

"창문! 혁련휘지가 밖으로 나갔어요!"

예소정이 창문을 가리키며 소리쳤다.

"괜찮냐?"

용악이 뜬금없이 물었다.

"저, 저요?"

예소정이 손가락으로 자신을 가리키며 반문했다.

일어나 있는 사람은 그녀 혼자였다.

"꼬마."

용악이 엎드려 있는 곤이를 돌아봤다.

"저, 저는 괜찮습니다!"

묵이곤이 만류하는 묵정곤의 손을 뿌리치며 벌떡 일어나 외쳤다.

용악은 픽 웃었다.

방 안으로 들어왔을 때 황보소소의 손을 꼭 쥔 채 남궁현을
노려보던 묵이곤을 본 것이다.

용악은 곧장 창문으로 몸을 날렸다.

"이곤, 너 저 사람을 아느냐?"

묵정곤은 깜짝 놀라 묵이곤에게 물었다.

"아니요. 이곳에서 처음 봤어요."

"누구냐?"

"용악. 용 소협이에요."

"별호나 다른 건?"

"없어요. 그냥 모두 용 소협이라고 불러요."

"곤아, 저들이 해코지는 하지 않았느냐? 이 형에게 모두 말
해줘야 한다."

"예, 그럴게요."

묵정곤은 예전 같으면 무섭다고 벌벌 떨 묵이곤이 황보소
소를 보호하겠다고 나선 것만으로도 뿌듯해지는 기분이었
다.

콰우— 콰콰콰!

창문을 통해 밖으로 나오는 용악을 향해 장영(掌影)과 검
풍(劍風)이 몰아닥쳤다.

용악은 기벽을 일으킬 시간도 없자, 몸을 최대한 둥글게 말
며 손을 뻗었다.

콰쾅!

장영과 검풍들은 용악의 목과 심장을 노리고 날아왔으나, 용악이 몸을 둥글게 만든 탓에 치명적인 상처는 남기지 못했다.

벽이 뻥 뚫려 방 안의 모습이 모두 보였다.

쾌액!

용악이 자세를 잡기도 전에 예리한 파공음이 얼굴을 노리고 날아왔다.

고개를 옆으로 돌려 피하자 벽에 손가락 굵기만 한 구멍이 뚫렸다.

검을 들고 있는 자와의 거리는 어림잡아 이 장여.

다가와 검기를 뿌렸다고 해도 대단히 위력적이 아닐 수 없었다.

십여 명 중 혁련휘지의 모습이 보이지 않았다.

"그 정신 나간 놈은 어디 있지?"

누구도 용악의 궁금증을 풀어줄 생각이 없어 보였다.

그때, 용악이 일어나자 여지없이 한 명이 장력을 뿌렸다.

허공을 격해 뿌려내는 격공장이었으나 거리를 좁히면 아무런 문제도 되지 않았다.

'빨리 끝내기로 마음먹은 이상 적당히 할 생각은 없다.'

용악은 장력을 뿌려낸 무장의 팔을 잡자마자 이화유능제를 사용해 무력화시킨 후 곧바로 일흡 나선투를 침투시켰다.

"컥!"

쓰러지는 무장을 보고 양쪽에서 동시에 검과 주먹을 뻗어왔으나, 그것은 오히려 용악이 기다리는 바였다.

주먹과 검을 맨손으로 잡았다.

지금과 같이 한 명을 상대하는 것이 아니라 여러 명을 동시에 상대하기 위해서는 빠르고 간결해야 한다는 걸 용악은 잘 알고 있었다.

검을 잡는 순간 상대는 회심의 미소를 지으며 힘을 가해 빼려 했고, 주먹을 잡힌 자는 더욱 힘을 가해왔다.

양쪽의 힘이 들어오자 용악은 기합을 질렀다.

꾸— 웅!

굉음과 함께 땅이 진동하며 옆으로 물결치듯 출렁이며 퍼져 나갔다. 두 무장의 힘을 이용해 기벽을 옆으로 퍼뜨린 것이다.

그 모습에 여덟 명의 무장이 당황해서 자리를 피하려 할 때였다.

번쩍!

용악의 눈에서 안광이 폭사됐다.

일흡 나선투로 양쪽 무장을 제압하는 동시에 좌측으로 몸을 날렸다. 물론 두 무장의 팔과 어깨는 주인의 의지와 무관하게 꺾인 후였다.

연달아 비명이 터지며 두 무장이 쓰러지자 나머지 네 무장이 일렬로 용악과 마주 보게 됐다.

쩡―!

"……!"

네 무장은 한순간 귀가 멍해지는 현상을 경험했다.

용악이 진각과 함께 일홉 벽심을 사용해 네 명의 무공을 순간적으로 무력화시켜 버린 까닭이다.

시간이 멈춰 버린 것 같은 상황을 연출한 용악이 갑자기 땅바닥에 손을 댔다.

멀리서 보면 마치 쓰러진 것 같은 모습이었다.

방 안에서 묵이곤이 뭐라고 소리쳤으나 용악의 귀엔 들리지 않았다.

퍼버버벅!

연달아 네 번에 걸쳐 가죽 북 터지는 소리가 났다.

그러나 용악의 이상한 수법이 펼쳐지고 난 후의 광경이 더욱 이상했다. 땅에 대고 있던 용악의 손이 가장 앞에 있는 무장의 가슴에 닿아 있었다.

"이제 넷 남았나?"

용악이 손을 거두며 돌아서자 살아남은 네 명의 무장은 싸울 의지를 상실한 표정을 짓고 있었다.

두 명이 쓰러졌을 때까지만 해도 용악을 상대하지 못할 정도의 고수라고는 생각하지 않았다. 아니, 오히려 맨손으로 무기를 잡는 무모함에 필승을 확신했던 그들이다.

네 명의 무장을 덮친 흙기둥을 보기 전까진 그랬다. 악어의 꼬리에 꿰어진 시체들과 같은 모습을 보기 전까지는.

살아남은 무장 넷은 슬슬 뒷걸음질 치다 곧바로 장원 담을 향해 몸을 날렸다.

용악이 땅을 이용해 사술을 부린다고 여겨 나온 행동들이었다.

그것이 그들에게는 비극이 됐다.

용악의 손바닥엔 돌조각들이 들려 있었고, 그것들은 충분히 위력적인 암기가 될 수 있었다.

* * *

구징효는 황보소소를 옆에 끼고 달리고 또 달렸다.

도약은 물론 달리는 소리가 남다른 그에게 조용히란 말은 어울리지 않았다. 말 그대로 달리기만 한 것이다.

솨솨솨—

굳이 돌아보지 않아도 빠르게 따라붙는 자들이 혁련세가의 무장들이란 것을 알 수 있게 해주는 소리였다.

"저런 소리가 나는 예전부터 너무 싫었어."

구징효는 소리가 가까워 오자 장원과 어느 정도 떨어진 것에 만족하기로 하며 멈춰 섰다.

막 뒤로 돌아서던 구징효의 몸이 움찔거렸다.

　상급 무장 여섯이 구징효와 동시에 신형을 멈추었기 때문이다. 마치 얼마든지 앞설 수 있는데 그러지 않았다는 것처럼.

　"이봐, 그런 건 안 좋은 버릇이야. 도둑고양이처럼 소리도 없이 쫓아오면……."

　"그 계집만 놓고 가라. 그럼 쫓지는 않겠다."

　무장 중 한 명이 구징효의 말을 끊으며 말했다.

　"큭. 그럴 거면 애당초 데리고 나오지도 않았지."

　"기회는 지금뿐이다."

　"이것 참, 곤란하네. 하는 짓은 뒷골목 패거린데 말투는 샌님처럼 하고 말이야. 이봐, 너도 웃기지 않냐?"

　"거부하는 것으로 받아들이마."

　"크하하하!"

　벗어나기 쉽지 않다는 생각과 달리 구징효는 어깨를 쭉 펴며 호탕하게 웃어젖혔다. 두 가지를 노린 행동이었다. 기세에 밀리지 않으려는 것과 용악이 듣고 빨리 도와주러 오길 바라는 것.

　맨 앞에 있던 두 무장이 검을 뽑으며 막 달려들 때였다.

　"저 봐, 저 봐. 혼자서는 안 될 것 같으니까 떼로 덤비지. 쯧."

　구징효가 달려드는 두 사람을 쳐다보며 혀를 찼다.

　그러자 두 무장은 신형을 뒤집으며 공격을 멈췄다.

자존심이 상한 것이다.

"어디, 무쌍권이 소문처럼 대단한지 나 옥인검이 시험해 보마."

"옥인검? 사천의 옥인검?"

구징효는 들어본 적 있는 별호에 깜짝 놀라 되물었다. 사천성에선 제법 이름을 날린 자였다.

"맞다."

'나머지 다섯도 옥인검과 엇비슷한 실력이면… 이거, 이거, 위험하다. 희창 그놈 때문에 몸도 엉망인데……'

황보소소를 안고 있는 손을 묶어둔 채 상대할 자들이 아니었다. 그렇다고 땅에 내려놓을 수도 없었다. 내려놓는 순간 다섯 명 중 한 명이 채 가기라도 하면 곤란하기 때문이다.

결정을 망설이고 있을 때였다.

"호의를 거절할 때는 뭔가 있을 줄 알았는데… 실망인데요, 구 대협? 하하하!"

여섯 무장은 물론이고 구징효조차 기척을 느끼지 못한 오른쪽 숲에서 헌앙한 미남, 사마화인이 산보하듯 걸어나왔다.

사마화인은 무장들은 신경 쓸 것도 없다는 듯이 또다시 구징효에게 말을 걸어왔다.

"구 대협 혼자 싸우기 곤란해 보이네요. 아! 저는 화인이라고 합니다. 여의단 소속이지요."

"오! 그 지부장이란 자가 보낸 게냐?"

구징효의 눈이 날카롭게 변했다.

그 모습은 조력자가 와줘서 반가워하는 사람의 눈빛이 아니었다.

"뭐… 비슷합니다."

사마화인은 머쓱해져서 웃음으로 얼버무렸다.

"혼자는 아니지?"

"…그럴 걸요?"

사마화인의 애매한 대답에 구징효는 주위를 둘러보았다. 조력자들을 찾는 행동이었다.

"그들은 필요할 때 알아서 나타날 겁니다."

"그래? 그거 듣던 중 미안해하지 않아도 될 말이군. 큿. 그럼 이곳 좀 부탁한다."

"예?"

구징효는 사마화인이 대꾸할 틈도 없이 그대로 황보소소를 안은 채 내달렸다.

"…풉, 푸하하하!"

사마화인은 구징효의 엉뚱한 행동에 파안대소를 터뜨렸다.

갑작스런 상황에 무장들은 잠시 주춤했으나 옥인검이 먼저 신형을 날렸다.

부— 웅—!

막 옥인검이 몸을 날렸을 때, 그의 등을 향해 날아오는 묵직한 기운이 있었다.

"헛!"

옥인검은 깜짝 놀라 허공에서 몸을 비틀며 기운을 피했다.

"잘 피하네. 그 정도면 일단 됐고. 그나저나 구 대협의 협의지심은 대단하지 않소? 체면보다 인명을 구하는 것을 우선시하다니. 나는 그런 구 대협의 협을 존중하는 의미로 당신들을 한 명도 보내주지 않을 생각이오."

사마화인은 말을 마치고는 빙그레 웃었다.

여섯 무장이 황당해하는 얼굴로 서로를 쳐다봤다.

"우린 혁련세가의 무장들이다. 여의단에서 왜 우리를 막는 건가?"

"당신들이 방금 말하지 않았소, 당신들이 혁련세가의 무장들이라고? 그래서 나선 거야."

"……!"

너무나 분명해서 무장들은 의아한 표정을 짓고 말았다.

"무슨 일인지 모르겠다는 표정들은 그만두라고. 내가 왜 나섰는지 모를 리가 없잖아. 머리가 빈 것도 아니고. 안 그래?"

사마화인의 표정은 조금 전과 같았지만 말투가 확연히 달라져 있었다.

그러자 여섯 무장의 표정도 달라졌다.

"여의단이든 정검련이든… 우릴 막을 순 없다."

옥인검이 검을 들자 나머지 다섯 무장 역시 각자의 무기에 내공을 주입시켰다.

그러나 그들은 사마화인의 정체를 모르고 있었다.

"여의단이든 정검련이든? 하하하! 가만히 듣고 있을 수 없게 만드네. 이봐, 여의단은 너희 따위가 함부로 입에 담을 곳이 아니야."

웃으며 말했으나 사마화인의 눈은 딱딱하게 굳어 있었다. 그리고는 나뭇가지를 꺾어 적당한 크기로 만들더니 앞에 나와 있는 옥인검을 향해 똑바로 걸어갔다.

옥인검이 보기엔 사마화인은 무방비였다.

옥인검은 웃으며 다가오는 사마화인을 향해 검을 내리그었다.

캉!

"……!"

옥인검의 검이 사마화인의 나뭇가지와 부딪쳤는데 쉿소리를 내며 튕겨졌다.

"그 정도로 여의단 운운한 거냐? 어이가 없군."

사마화인의 손에 들린 나뭇가지가 무식한 궤도를 그리고 휘둘러졌다.

퍽!

옥인검의 어깨를 때린 나뭇가지가 갑자기 수십 개의 환영을 만들며 무자비하게 그를 구타하기 시작했다.

퍽! 퍽! 퍽!

"저, 저……."

지켜보고 있던 무장들이 옥인검을 구하기 위해 동시에 달려들었다.

그러나 그들의 공격은 사마화인의 근처에도 닿지 못했다. 무식하게 휘둘러지는 것처럼 보이는 나뭇가지가 교묘하게 막을 형성하며 방해한 것이다.

"여긴 됐고, 내게 불, 얼음, 바람의 무공을 사용하는 자들에 대해 말해줄 사람?"

사마화인이 손을 멈췄을 때는 이미 옥인검이 뻗어버린 후였다.

"……."

"없어? 없으면 다들 이자처럼 되는 걸 각오해야 될 거야. 뭐, 그들이 나타나기 전에 정리해 두는 편이 나도 좋지만."

씨익.

사마화인의 번들거리는 눈동자가 다섯 무장을 향했다.

"여의총령……."

무장 중 한 명이 사마화인을 보며 중얼거렸다.

여의단이 아무리 구대문파의 집합체라고 해도 절정고수를 초식도 없이 저렇게 두들겨 팰 수 있는 사람은 흔치 않았다.

"역시 맞아야 정신을 차린다니까."

사마화인은 숨을 뱉어내며 번들거리는 눈동자와 함께 다

섯 무장을 향해 달려들었다.

헌앙하게 생긴 외모와는 다른 어설퍼 보이는 동작이었다. 하나 그 어설픈 동작에 걸린 절정고수들은 여지없이 땅을 구르거나 피할 뿐 반격의 기회를 얻지 못했다.

*   *   *

장원 안은 어느 정도 정리가 끝났다.

묵정곤은 중앙에 서서 사람들에게 지시를 내렸다.

구멍 난 벽으로 혁련세가의 무장들이라도 들이닥치면 곤란하기 때문이다.

"형님, 용 소협은 괜찮을까요?"

묵이곤이 묵정곤의 곁으로 다가와 물었다.

"괜찮기를 바라야지. 곤아, 정말 세상은 넓구나."

"예?"

"혁련세가의 상급 무장은 절정고수들이라고 들었다. 그런 사람들을 열 명이나, 그것도 압도적으로 누를 수 있는 청년고수라니……."

묵정곤은 조금의 가식도 덧붙이지 않고 느낀 그대로를 말했다. 아니, 방 안에 있는 용봉 전부가 묵정곤과 같은 생각을 하고 있었다.

"곤아, 저 용 소협이란 사람은 대체 누구냐?"

"황보세가의 식객이라고 했어요. 제가 단목철에게 납치됐을 때… 정말이지, 저는 바보였어요. 납치된 것도 모르고 단목철에게 감사하다고 했으니……."

"그건 네 잘못이 아니다, 곤아."

묵정곤은 묵이곤을 다독이며 안아주었다.

옆에서 두 형제의 대화를 듣고 있던 예소정은 홀로 한숨을 지었다.

'나도 돌아가는 대로 식객을 늘리자고 아버지께 말씀드릴 테야. 황보소소, 정말 복을 타고났구나. 미모에, 미남 식객까지.'

식솔을 모두 잃은 것보다 용악과 구징효가 황보소소를 구해간 것이 더 속상한 예소정이었다.

"혁련휘지가 되돌아올지도 모르니까 일단 장원 밖으로 피합시다."

묵정곤은 사람들을 데리고 최대한 조용히 장원을 빠져나가기 시작했다. 물론 용악과는 반대 방향이었다.

*　　　　*　　　　*

용악은 구징효와 약속한 소호 방향으로 신형을 날렸다. 혁련휘지를 잡는 것은 황보소소가 안전한 것을 확인한 후에도 늦지 않았다.

한 사람을 보호하는 것이 이렇게 힘들 줄 몰랐다. 아무리 칠 할의 힘, 그것도 전부를 사용하지 못한다고 해도 무장 열 명을 상대로 너무 시간을 끈 것이다.

'응?

호선을 그리며 도약하던 용악의 눈썹이 역팔자로 휘었다.

슈아—!

전방에서 강맹한 돌풍이 용악을 향해 빠르게 다가왔다.

"네가 휘지의 일을 방해한 녀석이냐?"

늙수그레한 음성이 용악을 막아섰다.

용악은 음성을 쫓는 것보다 돌풍부터 막아야 했다.

쾅!

허공에 뜬 상태라 일흡 기벽이 불완전했던 모양이다.

나무에 부딪친 등과 공격을 막은 팔이 욱신거렸다. 특히 팔에서 느껴지는 묵직함은 상대가 보통 고수가 아님을 알려주었다.

"저 녀석입니다, 풍 사부님."

혁련휘지의 목소리였다.

용악의 눈이 이채를 발했다.

혁련휘지가 이곳에 있다는 것은 아직 황보소소가 무사하다는 뜻이기 때문이다.

여유가 생기자 용악은 혁련휘지와 함께 있는 노인을 자세히 살펴봤다.

유생건을 쓴 문사 차림의 도인이란 착각을 하게 만드는 노인이었다.

"내 권을 막아? 놀랍구나, 그 나이에."

풍은 온화한 말투로 입을 열었다.

용악이 장원에서 겪은 일과 자신은 무관하다는 태도였다.

"이번엔 당신이 저 쥐새끼 대신 나서는 건가?"

"당신? 헐헐. 그 패기만큼은 높이 사마. 하나 네 실력도 인정받을 만한지는 모르겠구나."

풍은 할아버지가 손자에게 대하듯이 말했다.

"모르면 알게 해줘야지."

용악이 풍을 향해 '픽' 하고 웃었다.

그러자 풍 역시 차가운 너털웃음으로 응대했다.

무모하다 여긴 것이다.

젊은 나이에 무장 열 명을 상대한 것은 대단히 놀랄 일이었으나, 풍에겐 그저 열 명일 뿐 전혀 대단한 숫자가 아니었다. 저렇게 당당해선 곤란했다.

온화하던 그의 표정이 굳었다.

후스스―

바람이 풍의 주위로 모여들었다가 이내 주위로 퍼져 나갔다.

용악의 옷자락이 펄럭였다.

바람을 이용한 무공을 사용하려는 것이다.

용악은 그 모습에 인상을 썼다.

'이자 역시 십천좌란 자들의 무공을 사용하고 있다. 나와 검왕의 시체를 밟지 않고선 강호행을 하지 않겠다던 그들이… 내려온 건가?

용악의 표정이 딱딱하게 굳었다.

第六章
유리붕권 화, 빙, 풍

천산마제

사람의 이성을 잃게 만드는 데엔 큰 것은 필요없다. 지나가
다 부딪치는 어깨나, 아무 생각 없이 건넨 한마디만으로도 충
분하기 때문이다.

'저 자식이 나를 쥐새끼라고 불렀어. 감히 내게 그따위 말
을! 죽인다, 죽인다!'

혁련휘지는 용악에게 쥐새끼란 말을 듣는 순간부터 눈알
이 붉게 충혈됐다.

완벽한 계획에 마침표만 찍으면 되는 상황이었다.

그것을 뒤집은 것만 해도 용악은 충분히 죽을죄를 지었다.
그런 주제에 감히 자신에게 쥐새끼라는 말까지 거침없이 해

댔다.

"풍 사부님, 저 자식은 제게 맡겨주십시오. 보는 눈이 많아 유리붕권을 사용하지 않았더니 아주 기고만장하고 있네요."

말을 마친 혁련휘지는 풍의 허락도 기다리지 않고 기세를 피우며 싸울 준비를 했다.

쩌저쩡!

혁련휘지의 몸에 기이한 변화가 일어났다. 얼굴 반쪽은 붉게, 나머지 반쪽은 푸르게 변한 것이다.

용악은 혁련휘지의 몸에서 무시무시한 투기가 발산되는 것을 보며 표정이 어두워졌다.

'분명 그자가 사용하던 권이다.'

방원 삼십여 장을 일시에 쓸어버리던 그 가공할 권(拳)을 잊을 리가 없었다. 정구도에 이어 벌써 두 번째 보게 되는 십천좌 중 둘의 무공이었다.

당연히 인상을 쓸 수밖에 없었다.

카항!

혁련휘지가 양 주먹을 붙였다 떨어뜨리자 쇳소리를 동반한 기운이 사방으로 퍼져 나갔다.

유리붕권 음양격이란 초식으로 음양의 기운이 서로를 밀어내며 만들어낸 일종의 권기였다. 하나 일반적인 권기와는 위력 자체가 달랐다.

용악은 다가오는 권기를 바라보며 움직이지 않았다.

쿠콰쾅!

뒤쪽으로 엄청난 폭음이 터졌다.

"킥킥. 왜, 피하지도 못하겠냐? 아직 시작도 안 했다. 어때, 슬슬 후회가 되나 보지? 하나 이제 와 후회한다고 해도 소용 없다. 사람을 못 알아본 네놈의 눈을 원망하라고. 킥킥킥. 아 니지. 그 눈은 내가 잘 파내서 꽉꽉 밟아 터뜨려 주지."

조금 전 용악이 움직이지 않은 것은 위협임을 알기 때문이 었다. 그것을 혁련휘지는 용악이 겁먹고 움직이지 못한 것이 라 착각하는 것이다.

혁련휘지는 기가 살아서 음흉한 웃음과 함께 주먹을 다시 포개졌다 떨어뜨렸다.

용악의 얼굴을 향해 세 개, 사혈을 향해 일곱 개.

음양격의 숫자를 늘렸다.

이번 공격에 용악이 죽어버려도 좋았고 피한다고 해도 상 관없었다.

카— 웅!

일곱 개의 음양격이 기묘한 소리를 내며 용악의 전신을 향해 날아갔다. 하나 닿으려는 순간, 용악은 그제야 움직였 다.

손을 들어 복부로 날아오는 음양격을 막음과 동시에 한쪽 무릎과 한 손을 땅에 댔다.

팡!

용악의 손에 닿은 음양격이 좌측으로 튕겨졌다.

이제 장원에서 네 명의 무장을 한순간에 꿰어버린 흙기둥을 만들면 끝이었다.

"엎드리면 음양격을 피할 수 있을 것 같으냐! 푸하하!"

혁련휘지는 용악의 웅변에 박장대소를 터뜨리며 양 주먹을 다시 포갰다.

"애송이, 너는 그에 비하면 아무것도 아니야."

용악의 한쪽 입술이 올라가며 혁련휘지를 비웃었다.

"……!"

그제야 이상함을 느낀 혁련휘지는 다급히 주먹을 떼려 했다. 하나 그보다 먼저 혁련휘지의 등을 뚫고 나오는 것이 있었다.

푹!

"어? 이, 이게 뭐…….."

혁련휘지는 자신의 복부를 뚫고 나온 뾰족한 물체를 잡아 빼려 했다. 하지만 용악이 힘을 풀자 흙기둥은 부스스 흩어져버렸다.

"휘지야!"

그가 막아줄 겨를도 없이 일어난 일이었다.

혁련휘지를 부축해 일으키던 풍의 입에서 헛바람 삼키는 소리가 나왔다.

혁련휘지의 복부에 구멍이 뻥 뚫려 있었다.

그곳은 단전 부위였다.

"놀랄 것 없다. 단전만 없앴으니 죽지는 않아."

용악의 낮고 담담한 목소리가 풍을 향했다.

"놈!"

풍의 표정이 살기로 뒤덮였다.

"이제야 해볼 마음이 생겼나?"

용악은 너무도 당당했다.

풍은 혁련휘지의 상처 부위를 지혈시킨 뒤 앞으로 나섰다. 분노로 옷자락이 마구 펄럭였다.

유리붕권을 익힌 혁련휘지가 겨우 한 번의 공격으로 단전을 잃을 줄은 풍 역시 상상도 못한 일이었다.

"너를 과소평가했구나."

풍은 애써 숨을 고르며 용악을 노려봤다.

"그건 내가 할 말이지."

용악이 고개를 가로저으며 풍의 눈을 마주 봤다.

희창과 현수 정도일 줄 알았던 풍의 능력은 용악의 예상을 훨씬 뛰어넘고 있었다. 희창과 현수가 합공한다고 해도 풍에 겐 어림도 없었다.

"헐헐. 네가 나를 과소평가했다는 거냐?"

"예전의 내가 아니란 걸 깜빡했거든."

용악은 자조적인 웃음을 지었다.

"예전의 너라면 상황이 달라졌을 것이다?"

“물론. 예전의 나라면… 지금 이곳에 나 외에 두 발로 서 있을 사람은 없을 테니까.”

“헐! 광오한 놈이로구나.”

“질문에 친절하게 답해준 것뿐이다. 그럼 나도 한 가지 묻지. 그들은 천산을 넘었는가?”

“…그들?”

“정구도를 흉내 내는 자들을 봤을 때는 긴가민가했다. 하나 당신을 보니 믿어야겠더군. 그 권이 유리붕권이라고 했지, 아마?”

“가만, 조금 전에 천산이라고 했느냐?”

“분명.”

“……”

풍은 머릿속이 복잡해졌다.

지금 눈앞의 용악이 희창과 현수를 죽였다고 말하고 있다. 그들이 아무리 도좌의 진전을 거의 잇지 못했다고 해도 도좌의 후예들이었다.

“희창과 현수를 상대하고 상급 무장 열 명과 싸웠다고 말하는 것이냐?”

“거의.”

“거의?”

“희창을 상대한 사람은 따로 있거든.”

“헐. 네놈은 거짓말을 하고 있다. 어떻게 천산을 알고 있는지 모르겠다만 그럴 리가 없다."

"거짓말? 후후후, 거짓말이라면 내가 어떻게 그들의 무공을 알고 있는 거지?"

"어, 어디선가 들었겠지. 그분의 무공 중 하나니까."

"그분?"

용악은 당연히 십천좌에 대한 말이 나올 줄 알았다. 하나 풍은 한 명에 대해 말을 하고 있었다. 의아할 수밖에 없었다.

"이미 오백 년의 기다림은 끝났다."

"그분은 뭐고 오백 년은 또 뭐지?"

"뭐?"

용악의 의아한 표정에 오히려 말해준 풍이 당황했다.

넘겨짚는 것이 아니라 정확한 지칭과 무공에 대해 말을 하더니 용악이 갑자기 모른 척을 하고 있었기 때문이다.

"…모른다는 거냐?"

"모르니까 물어보지."

"도대체 속 모를 놈이구나."

푸스슷!

풍은 대답 대신 바람을 일으켰다.

확실히 혁련휘지와는 비교도 안 되는 돌풍이 순식간에 일어나며 용악을 조여왔다.

용악 역시 가만히 있을 수만은 없었다.

쿵.

한 발을 들어 바닥을 찼다.

아주 간단한 동작이었으나 용악을 향해 다가오던 풍의 예기가 순식간에 사라져 버렸다.

"기파!"

용악이 유리붕권의 바람을 기파만으로 막은 것이다.

무형의 기를 이용해 묶어두려던 계획이 무산되자, 풍은 곧바로 주먹을 뻗었다.

바— 웅!

용악의 신형이 권을 피해 허공으로 붕 떠올랐다. 아니, 떠올랐다 싶은 순간 어느새 아래로 미끄러지며 풍과 일 장 거리까지 좁혀들었다.

'흡!'

용악의 상체는 앞으로 기울어져 있었고, 다리는 흡사 내리막길이라도 달려오는 사람처럼 뒤쪽으로 뻗어 있었다.

풍은 기겁을 해서 주먹을 어지럽게 휘둘렀다.

무서운 경기가 사방을 휘몰아쳤다.

콰우우—!

풍의 주먹에서 나온 붉은 권들이 곧바로 형태를 갖추며 용악을 향해 이빨을 드러냈다. 유리붕권 바람의 절기였다.

그러나 그것은 용악이 사정권 안에 들어갔을 때의 일이다. 일 장 앞까지 다가온 용악은 속도를 더 내며 풍의 주먹을 손바닥으로 막았다.

“……!”

풍은 너무 쉽게 용악을 제압하게 되자 오히려 조심스러워졌다. 이대로 주먹을 뻗으면 용악의 손은 그대로 터져 나갈 것이다.

‘이놈! 뭔가 들어온다!’

풍의 손바닥을 통해 부드러운 기운이 스며드는 것 같더니 빠르게 팔꿈치까지 올라갔다. 가만히 있다가는 낭패를 면치 못할 것 같은 느낌이 들었다.

풍은 재빨리 주먹에 전력을 쏟으며 용악을 밀어냈다.

쾅!

용악이 풍의 내공을 감당하지 못하고 손을 뗐다.

순간, 풍은 다시 한 번 반대편 주먹으로 용악의 얼굴을 때렸다. 단순하지만 단순한 만큼 위력은 강했다.

쾅!

‘막혔다.’

용악의 손바닥에 닿자 풍은 자신의 기운이 반탄되는 것을 느꼈다.

그러나 그로 인해 용악과 거리를 둘 수 있었다.

만약 지금처럼 방어를 하지 않았다면 용악의 이화유능제에 의해 팔이 부러지고 말았을 것이다.

풍은 팔을 주무르며 용악을 쏘아봤다.

용악의 시선이 좌측을 향했다.

그제야 풍의 귀로 일단의 무리가 다가오는 소리가 들렸다.

"소가주님!"

혁련세가의 무장들이었다.

풍의 눈이 가늘어졌다.

용악이 자신보다 먼저 무장들의 기척을 알아차렸다는 것을 깨달은 것이다.

"휘지를 데리고 이 자리를 떠나라."

풍의 명령이 떨어지자 무장들이 혁련휘지를 업고서 곧장 몸을 날리려 했다.

"안 돼, 쥐새끼는 놓고 가!"

언제 허공으로 떠올랐는지 용악이 무장들 위쪽에서 장력을 쏟아냈다.

무장들이 깜짝 놀라 머뭇거릴 때 그들의 위로 풍이 솟구치며 용악의 장력을 막았다.

쾅!

용악과 풍이 양쪽으로 나뉘어 떨어졌다.

용악은 떨어지면서 한쪽 무릎과 한 손을 땅에 댔다.

그 모습에 풍은 이채를 발하며 곧장 일곱 개의 이빨을 가진 풍산월(風山鉞)을 일으키며 양 주먹을 내뻗었다.

쿠르르— 콰콰!

"오랜만이구나, 네놈."

용악은 다가오는 풍산월을 보며 웃었다.

천산에서 봤을 때보다는 작은 놈이었으나 현재 상태로는 만만히 볼 수 없는 위력이었다.

양손을 교차시켜 풍산월을 막는 동시에 이화유능제와 일흡 기벽을 일으켰다.

콰쾅!

엄청난 폭음이 터졌다.

용악이 디디고 있던 땅이 마치 가죽인 양 푹 꺼졌다가 이내 물결치듯 일렁이며 주위로 퍼져 나갔다.

출렁―

땅이 갑자기 물렁하게 변하자 무장들은 당황해서 제 위치를 지키지 못했다.

"헉!"

무장 한 명이 자세를 고정시키다 이상한 기미를 느끼고 고개를 들었다.

퍽!

용악이 무장의 어깨를 짚은 후 훌쩍 다른 곳으로 이동했다.

"커헉!"

무장이 갑자기 피를 토하며 쓰러졌다.

어깨에 손을 댄 그 짧은 사이, 용악은 일흡 기벽을 무장의 몸에서 일어나게 만든 것이다.

쉐액!

무장 중 한 명이 바닥에 내려서는 용악을 향해 검을 뻗어왔

다. 하나 그의 검은 용악의 손에 막혀 더 이상 움직이지 못했
다.

빡!

용악의 손에 닿자마자 무장은 전신의 힘이 쭉 빠져나가는
걸 느끼며 그대로 혼절하고 말았다.

나머지 무장들이 주춤하는가 싶더니 급기야 일제히 공격
을 가해왔다.

용악은 이미 예상이라도 했다는 듯 픽 웃고는 바닥에 손을
댔다. 벌써 세 번째 일으키는 일흡 벽심을 이용한 기벽이었
다.

쿠콰콰!

곧바로 흙기둥들이 일어났고, 용악은 그것을 타고 위로 솟
구쳤다.

달려들던 무장들은 느닷없이 나타난 흙기둥에 가로막혀
뿔뿔이 흩어졌고, 한 사람만이 용악을 향해 날아왔다.

풍이었다.

흔들.

용악의 상체가 흔들렸다. 아니, 정확히는 상체를 젖혔다는
표현이 옳았다.

풍이 일으킨 기운이 빠르게 다가왔다.

"놈! 죽어라!"

쾅!

"……!"

풍의 무시무시한 경기가 용악을 뒤쪽으로 날아가게 만들었다.

그사이, 풍은 혁련휘지와 무장을 동시에 잡아채 내던진 후 다시 용악에게 달려들었다.

콰우우─!

주먹이 휘둘러질 때마다 공간이 찢겨지는 소리가 났고, 바람을 들이고 내보내는 과정이 빨라지면서 두 사람의 모습이 흐릿해져 갔다.

"어, 엄청나다!"

혁련휘지를 업고 있어 그나마 무사할 수 있었던 무장은 두 고수의 싸움을 지켜보느라 입을 다물지 못했다.

풍의 실력이야 예전부터 알고 있었으나 그런 풍을 상대로 용악은 거의 밀리지 않았다. 자세히는 보이지 않으나 용악이 공간에서 밀려나지 않는 것만 봐도 혀를 내두르기에 충분했다.

콰콰콰!

풍의 주먹질이 거듭될수록 주위 공기는 점점 무거워져 갔다. 유리붕권 바람의 특징인 바람을 안고 싸우기 때문이다.

'그자의 주먹이 이토록 무거웠던가?

용악은 점점 숨이 막혀왔다.

한 호흡에 풍의 바람을 가두고 기벽을 일으킬 수 있을까?

전신을 때려대는 바람의 압박감과 그와 비례해 뜨겁게 손으로 모여드는 묵직한 기운.

머리부터 발끝까지 뜨거워진다.

천산에서는 매일 이 상태로 지내왔다.

그것을 먼저 기억해 낸 것은 몸이었다.

용악의 몸이 열렸다.

뜻이 일면 기가 일어나는 단계는 한참 전에 넘어섰으나, 마치 그때로 되돌아간 것처럼 몸에 기운이 충만해졌다.

집중하기 위해 노력할 필요 없이 풍의 몸을 휘감고 있는 바람의 결이 보였다.

풍의 주먹이 용악의 심장을 노리고 다가왔다.

손바닥을 펴 주먹에 댔다.

시간이 느려진 건가?

용악은 풍의 주먹이 손바닥과 부딪치며 퍼지는 바람 조각들을 똑똑히 볼 수 있었다. 상체를 살짝 뒤로 빼며 바람 조각들을 다른 손으로 쳐냈다.

이렇게 쉬웠나?

간단한 동작 하나가 정말로 풍의 주먹을 뿌리치게 만들었다.

두 사람의 공방은 잠시 멈췄다.

"…넌 누구냐?"

풍이 믿을 수 없다는 표정을 물었다.

용악의 표정은 담담했다.

그토록 격정적으로 공격을 가했음에도 용악을 어쩌지 못했다.

풍의 달궈진 머릿속이 차갑게 식었다.

'사형과 사저가 있어야 한다.'

용악이 무장들을 빠르게 처리하는 모습을 봤을 때는 죽일 자신이 있었다. 하지만 지금은 전혀 달랐다.

용악에게서 지친 기색을 찾아볼 수 없었다.

풍이 다시 공격할 기미를 보이지 않자 이번엔 용악에게서 먼저 기운이 일어났다.

끄드드등!

용악의 발밑이 솟구치며 용악을 들어 올렸다. 이어서 풍의 주위에도 변화가 일어났다. 풍을 뚫을 것처럼 날카로운 원형 흙기둥이 무작위로 솟구친 것이다.

촤아아!

콰콰쾅!

풍은 솟아오르는 흙기둥을 파괴하거나 피하며 쉴 새 없이 움직였다.

"끝이다."

용악은 자신을 받치고 있는 흙기둥에 손을 댔다.

그러자 위로만 솟구치던 흙기둥이 옆에서도 튀어나왔다.

"헐!"

풍은 미처 막지 못하고 옆에서 튀어나온 흙기둥과 함께 쭉 밀려 나갔다.

"후우……."

연속된 공격을 마친 용악이 거의 들리지 않을 정도로 숨을 내쉬었다.

'일시에 너무 많은 힘을 소비했다.'

의도한 대로 기벽은 일어났지만 위력 면에선 기대 이하였다.

용악은 자신의 손을 내려다봤다.

상처 하나 없는 깨끗한 손.

수투(手套)를 끼고 있기에 가능한 일이었다.

도검은 물론 용암조차 만질 수 있다는, 혈교에서 전설로 내려오는 천마의 손 천마수(天魔手)를.

'내 기를 그만큼 잡아먹었으면 이젠 되돌려 줄 때도 되지 않았나?'

일흡 기벽을 흙기둥의 형태로 일어나게 만들려면 내력 소모가 만만치 않았다. 그것을 벌써 몇 번이나 사용했는지 모른다.

용악이 완전한 상태였다면 이 정도의 내공 소모는 아무것도 아닐 수 있으나, 지금은 내공의 칠 할밖에 사용할 수 없었다.

그런 상태에서 마물인 천마수를 끼고 있다.

천마의 무공을 사용하지 않는 자에겐 저주나 마찬가지라
는 마물을. 용악이 힘을 쓸 때마다 일정 부분 걸러지게 만드
는 마물을.

당연히 지칠 수밖에 없었다.

흙이란 매개를 사용하게 된 이유도 천마수 때문이었다.

발을 받치고 있던 흙기둥이 이내 무너져 내렸다.

그때, 용악을 향해 돌풍이 날아왔다.

마지막 힘까지 짜낸 풍의 공격이었다.

쿠르르!

용악은 손바닥으로 땅을 때린 후 곧장 풍에게 날아가 연속
으로 주먹을 날렸다.

팡팡팡!

"컥!"

풍은 몸을 몇 번이나 떤 후 피를 토하며 사지를 늘어뜨렸
다.

툭.

용악도 나무에 몸을 기대며 숨을 내쉬었다. 그것도 잠시,
용악은 천천히 풍에게 다가가 풍의 심장 부위에 손을 댔다.

"가라."

들썩.

풍의 몸이 크게 흔들린 후 잠잠해졌다.

고통스럽기는 용악도 마찬가지였으나 아직 해야 할 일이

한 가지 남아 있었다.

"쥐새끼."

용악의 눈이 번들거리며 혁련휘지를 찾았다.

사방 어디에도 모습이 보이지 않았다.

풍이 잡아채던 모습이 떠올랐다.

용악은 납덩이 같은 발을 뗐다.

*　　　　*　　　　*

꽈직!

무너진 담장에서 떨어져 나온 돌조각을 밟으며 두 남녀가
장원으로 들어섰다.

화와 빙이었다.

널브러져 있는 무장들의 시체.

뻥 뚫린 벽.

두 사람의 사제인 풍이 있는 곳에서 이런 일이 벌어졌다는
것을 이해할 수 없었다.

"사형, 뭐죠?"

쩌정― 치이익―!

빙의 몸에서 일어난 한기와 화의 몸에서 일어난 열기가 부
딪치며 기이한 소리를 만들어냈다.

"크륵. 풍 사제가 즐거워할 일이 일어난 거겠지."

“까르르. 이럴 줄 알았으면 빨리 올걸.”

“크르. 그게 어디 내 마음대로 되나.”

화는 자신도 모르게 손을 뻗어 빙의 머릿결을 쓰다듬으려
했다. 하나 빙의 머릿결에 닿은 손에서 연기가 일어나며 닿을
때보다 더 빨리 떨어졌다.

“큭.”

“깔깔깔! 좋은 시간은 끝났다고요, 사형.”

빙이 고소해하며 깔깔대고 웃을 때였다.

“누구냐!”

화가 담장을 향해 손을 휘저었다.

쾅!

담장 한쪽이 무너지며 두 사람이 모습을 드러냈다.

“휘지?”

화와 빙이 동시에 외쳤다.

용악과 풍이 싸울 때 혁련휘지를 업고 도망친 무장이었다.

“세상에…….”

사마화인은 눈앞의 광경에 할 말을 잃었다.

땅은 화산이라도 폭발한 것처럼 들쑥날쑥 멋대로 파여져
있었고, 주위 일대는 폭풍우가 지나가기라도 했는지 나무며
돌이며 제 위치에 박혀 있는 것이 없었다.

“어떻게 싸워야 이런 일이 일어나지?”

사마화인은 말에서 내려 직접 땅을 만져 보고 널브러져 있는 시체들을 살폈다.

"뭐지? 전부 외상이 없어?"

혁련세가의 무장들로 보이는 자들을 뒤척이던 사마화인의 눈에 이채가 떠올랐다. 세상의 모든 시체에는 흔적이 남는다는 진리를 믿는 사람 중 한 명이 그였다.

그러나 아무리 살펴도 단서가 될 만한 것은 발견되지 않았다.

"뭐야, 내가중수법에 의해 당했다고 해도 장기 파열로 인한 출혈이 있어야 하는 거 아닌가?"

혈흔이고 뭐고 없었다.

깨끗한 죽음.

시체들은 더할 나위 없이 깔끔했다.

그때, 양손으로 턱을 받친 채 앉아 있던 사마화인의 시선에 한 구의 시체가 들어왔다.

무장들과는 다르게 눈에 잘 띄지 않는 옷을 입고 있어 놓친 모양이다.

어기적어기적.

일어나는 것도 귀찮아 오리걸음으로 걸어가던 도중 사마화인은 못 볼 것이라도 본 사람처럼 벌떡 일어났다.

"피?"

사마화인은 반가운 마음에 재빨리 달려가 시체의 몸을 살피려 했다.

그때였다.

"풍 사제에게서 떨어져."

"……!"

사마화인을 순간적으로 얼어붙게 만들기에 충분한 여인의 목소리였다.

움직이는 순간 여인의 말이 암기가 되어 사마화인의 전신을 꿰뚫을 것만 같았다.

"하하하! 오해요. 나는 지나가던 길에 호기심이 생겨 살펴본 것뿐이라오."

사마화인은 양손을 들고 천천히 일어서며 수많은 생각을 했다.

"그래서 넌 죽을 거야. 그냥 지나갔어야지. 내가 풍 사제를 먼저 발견하게 했어야 해. 그랬으면 풍 사제는 살았을 텐데… 너 때문에 죽은 거야!"

여인은 억지를 부렸다. 아니, 그렇게라도 해야 사제의 죽음을 위로해 줄 수 있을 것 같은 것이다.

팟.

여인의 말이 끝나기도 전에 사마화인은 전력을 다해 앞으로 튀어나갔다. 허공에서 몸을 틀어 방향을 틀면서 슬쩍 곁눈질로 여인을 쳐다봤다.

'응? 노인이 사제라고 하기엔 지나치게 젊잖아?'

얼핏 보긴 했어도 여인은 분명 젊었다.

그러나 사마화인의 생각은 이어지지 못했다.

쩌그더— 덩—!

여인의 몸에서 투명한 실들이 쏟아지더니 그대로 사마화인의 주위로 내리꽂혔기 때문이다.

"으아! 사람 살려!"

비명을 지르는 사마화인의 눈이 웃기 시작했다.

땅거죽을 푹푹 파대는 얼음 실의 위력이 엄청난 것도 웃게 만들었지만 그보다는 여인이 누군지 감을 잡은 까닭이다.

"불덩이는 어디다 두고 혼자 다니시나?"

사마화인이 움직이며 던진 한마디에 거짓말처럼 여인의 공격이 멎었다.

"화 사형을 알아?"

"불과 얼음, 바람. 당신들이었군. 안 그래도 한번 만나보려고 하던 참이었소. 제대로 인사를… 어이쿠!"

사마화인은 시간을 벌어보려다 다시 시작된 공격에 껑충껑충 뛰며 피해 다녔다. 하나, 그의 눈은 여전히 웃고 있었다.

"구성, 막아."

사마화인의 명령이 떨어지자마자 아홉 개의 인영이 방패처럼 사마화인을 가리며 나타났다.

"자, 이제 정리해 볼까요? 먼저, 그동안 당신들 손에 죽은 여의단 무인들의 혼을 달래줍시다. 무대를 마련하고. 으합!"

콰우웅!

구성의 등장으로 사마화인의 기세는 완전히 달라졌다. 기합만으로 주위 십여 장이 깨끗하게 변했다.

"천지의 모든 기운을 구궁 방위로 채운다. 구궁성휘(九宮星輝)!"

사마화인의 외침에 구성들이 허공으로 떠오르더니 서로의 양팔을 잡고서 넓게 퍼졌다.

아홉 명의 팔 안.

어느새 육각 방망이를 쥔 사마화인이 보였다.

"뇌정구(雷霆毬)!"

빙이 깜짝 놀라 외쳤다.

"뇌정구를 안다면 뇌정능력에 대해서도 알겠군."

"알지. 그걸로 풍 사제를 죽였느냐?"

쩌쩌적!

빙의 전신에서 퍼져 나간 한기로 주변이 온통 하얗게 변하기 시작했다.

"애석하지만 나보다 먼저 손을 쓴 사람이 있더군. 그래도 당신 같은 미녀를 만났으니 내 운도 그렇게 없는 편은 아닌 모양이오."

"까르르! 다 죽일 거야."

빙은 차갑게 대답한 후 감싸고 있던 한기를 사마화인에게로 보냈다.

쾅!

여의구성의 펼쳐진 팔들이 좁혀지며 빙의 유리붕권을 막았다. 하나 빙의 주먹에 실린 위력은 구성을 일 장 가까이 밀려나게 만들었다.

"와우, 좋아!"

여의구성의 얽혀졌던 팔이 쫙 펴지자, 그 사이로 사마화인은 환호와 함께 튀어나갔다. 마치 여의구성이 사마화인을 토해낸 것처럼.

그러자 믿지 못할 일이 일어났다.

사마화인의 몸이 화살이라도 된 것처럼 엄청난 속도로 빙을 향해 쏘아져 간 것이다.

쿠르르— 콰쾅—!

뇌성이 터졌다.

뇌정능력이 오성에 이르면 천둥이 치고, 칠성에 이르면 뇌성이 터지며, 십성에 이르면 아무 소리도 나지 않게 된다.

순식간에 빙의 머리 위까지 도달한 사마화인이 그대로 뇌정구를 휘둘렀다.

"까르르."

빙은 수줍은 소녀처럼 웃으며 주먹을 들어 사마화인을 가리켰다.

"……!"

아무런 예기도 느껴지지 않다가 사마화인의 바로 앞에서

엄청난 기운이 압박해 왔다. 사마화인은 급히 뇌정구를 휘두르며 막았다.

콰!

"헉!"

사마화인은 하마터면 뇌정구를 놓칠 뻔했다.

뇌정구의 주위로 백색 결정체들이 떨어지는 것이 보였다. 빙의 공격은 사마화인을 노린 것이 아니라 뇌정구를 노렸던 모양이다.

팡!

사마화인은 뇌정구에 진기를 주입시켜 빙의 냉기를 떼어 내며 구정의 벌려진 팔 안으로 들어갔다.

"이래서 안 된다니까. 맞아야 아픈 줄 아는 놈이 멋있는 척은."

사마화인은 고개를 흔들며 자신을 자책했다.

예의를 갖추고 비무하듯이 싸우는 건 역시나 그에게 맞는 짓은 아니었다.

파앗!

사마화인의 표정과 기운이 확연히 달라졌다.

*   *   *

"……."

황보소소는 정신을 차렸으나 눈을 감은 채 가만히 있었다.
바닥에선 찬 기운이 올라오고, 옆에서는 땀내가 났으며, 거친
숨소리가 불규칙적으로 울렸다.

"황보 소저, 정신이 들어요?"

구징효가 옆을 돌아보며 물었다.

방에서 정신을 잃었을 때는 밤이었는데 하늘도 제 색을 되
찾아갔다. 완전히 밝아지진 않았으나 힘겨웠던 새벽이 물러
가고 있었다.

"용 소협은요?"

"소호 근처에서 보자고 했으니 곧 올 거유."

구징효의 목소리가 평소와 달리 딱딱하게 느껴졌다.

"고맙습니다, 구 대협."

"킁. 그런 말은 내게 할 게 아니라 용악 그놈에게 하시구
려."

"예?"

"황보 소저가 젊은 놈들에게 빠져 있을 때 밖에서 고생한
건 용악이니까 말이오. 나도 고생은 했지만……."

황보소소는 구징효의 말을 듣다 부끄러움에 어쩔 줄을 몰
랐다. 용악과 구징효를 내보낸 것에 대해 말하는 것을 모를
리가 없었다. 구징효의 나머지 이야기는 귀에 들어오지도 않
았다.

"…잠시 제가 어떻게 됐었나 봐요. 예전의 저를 알고 있는

사람들을 만나니… 저 역시 예전의 저인 줄 알고… 크게 후회
했어요. 혁련휘지 그자가 나타났을 때는 정말이지 죽고 싶을
정도로……."
　목이 메여 말도 제대로 나오지 않았다.
　"황보 소저, 그걸 말하는 게 아니라… 쿵. 그런 거야 얼마
든지 그럴 수 있지, 그럼. 나도 무쌍문에 가면 예전의 내가 그
리울 테니까. 내가 말하는 건 용악이오. 태산을 떠나 지금까
지 그 녀석이 한 번이라도 황보 소저 곁을 떠난 적 있소? 없을
거요. 이유가 뭐겠소?"
　"…제가 어떻게 해야 할까요, 구 대협?"
　황보소소의 얼굴이 금방 붉어지며 말을 더듬었다.
　'용악 이놈아, 내게 고맙다고 해야 한다.'
　황보소소의 간절한 물음에 속마음과 달리 구징효는 뚱한
표정으로 생각에 잠긴 척했다.
　"쿵. 예전에 아내가 써먹었던 방법인데… 할 수 있으려
나……."
　"어떤 방법인데요?"
　"혼사를 올리기 전이었소. 크큭. 하루가 멀다 하고 싸울 때
라 항상 얼굴이 엉망이었지. 지금이야 실없는 얼굴이 됐지만
그때만 해도 세안만 하면 여자들이 수도 없이 달려들… 크큼.
아무튼, 그런 내게 아내는 유독 냉정하게 대하는 게 아니겠
소?"

“왜요?”

“뭐, 내가 싫었던 게지요. 한데 진짜 짜증나게 한 건 뭔지 아시오?”

“뭔데요?”

“어느 날인가는 나를 보고 있지 않는 거요.”

“냉정하게 대하셨다면서요?”

“내 말이 그거요. 만날 냉랭하게 쳐다봤으면 그날도 그래야 하는데 안 그런 거요. 화가 나서 당장 쫓아갔소. 도대체 뭐가 불만이냐고, 툭 터놓고 말해보라고 대뜸 물었더니…….”

“물었더니요?”

“아내가 조용히 내 손을 잡으며 이렇게 말하더군요. 아무리 봐도 당신만 한 사람이 없는 게 화가 났었다고.”

“어머.”

“크큭. 무슨 말인지 알겠소?”

“…예.”

황보소소는 투박하고 직설적인 구징효의 말에 마치 그 자리에 있었던 것처럼 기뻐했다. 하나 추억을 들춰낸 구징효는 그럴 수 없는지 자리에서 일어나 주위를 둘러봤다.

다시는 볼 수 없는 여인이기에 오히려 더욱 그리워지고 말았다. 복수를 했기에 떠올려도 될 줄 알았는데 그게 쉽지 않았다.

눈이 뜨거워졌다.

'여보, 놈을 죽였다오. 그런다고 당신이 살아 돌아오는 것
도 아닌데… 그냥 말은… 해야 할 것 같아. 떠들면 창피하
니… 이렇게 속으로만 알려주는 거야.'
구징효의 목젖이 울렁거리며 한동안 멈추지 않았다.

第七章
혁련세가로

천산마제

황보소소와 구정효가 몸을 숨기고 있는 곳에서 멀지 않은 장소에 일단의 무리가 모습을 드러냈다.

"형님, 이상해요. 왜 아무도 쫓아오지 않는 거죠?"

묵이곤은 지쳐서 말도 잘 나오지 않아 최대한 조용히 입을 열었다. 혁련세가의 무장들이 쫓아오지 않자 그것이 오히려 더욱 불안해진 까닭이다.

묵이곤의 질문은 함께 움직이는 모든 사람들이 하고 싶었던 질문이다.

"곤아, 쫓아오는 적을 걱정해야지, 안 쫓아오는 적을 미리 걱정할 필요는 없다."

묵정곤도 궁금하긴 마찬가지였다.

속 시원히 대답해 줄 사람이 있다면 가장 먼저 질문했을 사람이 그였기 때문이다.

'명색이 십이대세가 중 한곳의 장남인데 할 수 있는 것이 아무것도 없다니. 묵정곤아, 그동안 뭘 한 거냐.'

무기력했다. 이십 년 넘게 무공을 익힌 묵정곤이었으나 혁련세가의 무장 한 명도 상대할 수 없었다.

그러나 다행스러운 것도 있었다.

묵정곤의 답답한 마음을 몇 년만 지나면 나눌 수 있는 동생이 있다는 점이다.

"…렇게 할 거예요."

"뭐라고?"

"좀 더 자라면 누구도 양주묵가를 건드리지 못하게 할 거라구요."

"당연히 그래야지. 곤이라면 할 수 있다. 이 형은 확신해."

묵정곤이 묵이곤을 자랑스럽게 바라봤다.

요 며칠 동안 묵이곤은 살아 있는 경험을 했다.

혁련세가의 무장 열 명을 한꺼번에 상대할 수 있는 정체불명의 고수와 무쌍권 구징효.

이 두 사람과 함께 지낸 것만으로도 묵이곤은 묵정곤과 비교도 할 수 없는 성장을 하게 될 것이다.

"이봐요, 두 형제 분. 훈훈한 분위기도 좋지만 먼저 주변부터 살펴요."

예소정이 묵정곤에게 어딘가를 가리켰다.

묵정곤은 의아한 표정으로 그곳을 돌아봤다.

붉은 점이 보였다.

"무얼……."

"점이 아니에요. 사람이에요."

"……!"

"어떻게 해요?"

"예? 그걸 왜 내게……."

"그럼 누구에게 물어요?"

예소정이 급하게 소리쳤다.

"이, 일단… 아!"

묵정곤이 피하라는 말을 하려 할 때였다.

붉은 점이 급격히 커지며 사람으로 화하더니 그대로 불덩이를 날린 것이다.

"다들 피하시오!"

소리는 질렀으나 정작 묵정곤은 제자리에 서서 움직이지 못했다.

불꽃으로 보이던 것이 다가올수록 형태를 갖췄다.

붉은 주먹이었다. 피하는 건 불가능하다는 판단을 내리게 만들 정도로 강력한.

콰콰콰!

불꽃 주먹은 묵정곤 등을 향하며 긴 꼬리를 달았다.

아직 다가오지도 않았는데 나무와 돌이 이지러졌다.

콰콰쾅!

"큭."

짧은 신음이 묵정곤의 앞에서 터졌다.

양손을 교차시켜 방어하려던 사람들은 자신들이 멀쩡하다는 것을 확인하고서야 앞쪽을 바라봤다.

불꽃 주먹을 혼자서 막은 사람이 있었다.

그의 양옆으로 두 개의 불꽃이 길게 선을 만들며 이어졌다.

"괜찮냐?"

묵이곤을 향해 던진 질문이었다.

"…예."

비록 의복도 엉망이고 산발되어 얼굴도 보진 못했지만, 묵이곤은 한눈에 그가 용악임을 알아봤다.

묵이곤은 감동으로 인해 목이 메이고 눈물이 쏟아질 것 같았다.

다른 사람에겐 시선도 안 주면서 유독 묵이곤에게만 말을 걸어주었다.

"저, 저는 괜찮습니다, 용 소협!"

묵이곤은 힘껏 다시 소리쳤다.

"그래? 근데 왜 아직도 거기 서 있는 거냐?"

"아!"

묵이곤의 곁에 있던 묵정곤이 용악의 말을 알아듣고 재빨리 묵이곤을 안고서 한쪽으로 피했다.

묵정곤은 피하면서 용악을 돌아봤다.

'저 몸으로 어째서…….'

의문이 들 수밖에 없는 상황이었다.

용악 덕분에 죽을 위기를 넘겼으나 묵이곤을 위해 나선 행동을 이해하기 힘든 까닭이다.

과연 묵정곤은 묵이곤을 위해 그럴 수 있었을까?

형조차도 자신할 수 없는 과감한 행동이 아닐 수 없었다.

"형님, 최대한 멀리 떨어져야 해요. 어서요."

묵이곤이 머뭇거리는 묵정곤을 잡아끌었다.

"알았다. 그래야지."

묵정곤은 정신을 차리고 사람들을 나루 한쪽으로 몰아갔다.

사람들이 모두 피한 것을 확인한 용악은 다시 화에게 시선을 던졌다.

"네놈이구나."

많은 설명이 생략된 말이었다.

"나다."

역시나 용악 역시 설명을 생략했다.

"크륵큭. 네놈 하나로 인해 이 자리에 있는 것들은 물론 십이대세가 전부가 죽게 될 것이다."

한마디 한마디에 살기가 가득했다.

그러나 용악은 화의 살기 따위는 두렵지 않다는 듯이 손을 내저었다.

"별걸 다 수고스럽게 하네. 이봐, 불덩어리. 그렇게 일일이 찾아다니면 번거롭지 않겠어? 그러지 말고 여기서 그냥 죽어. 그럼 수고도 덜고 좋잖아, 어때?"

히죽.

용악은 화를 보며 웃었다.

화의 실력은 풍보다 위였고 위치도 좋은 곳을 점하고 있었으며 내공 소모도 거의 없었다.

'조금만 기다려다오. 조금만······.'

용악은 말은 태평하게 했지만 속내는 그리 편하지 않았다.

일단 손을 펴 손바닥을 비볐다.

풍과의 싸움에서 많은 진기를 소모한 상태였다.

화의 공격이 묵이곤을 향하지 않았다면 나설 이유는 전혀 없었다. 하나 조금 전 화의 주먹을 받아내면서 한 가지 사실을 깨달을 수 있었다.

용악의 진기가 완전히 바닥난 것이 아니었다.

운기조식을 취할 시간도 없었던 점을 감안하면 신기한 일이지만, 짚이는 것은 있었다. 바로 용악이 손에 끼고 있는 천마수였다.

길게 끌지 않는다면 한번 해볼 만도 할 것 같았다.

용악과 화의 시선이 부딪쳤다.

"불과 물은 상극이지."

용악은 태평하게 걸음을 옮겨 호수로 들어갔다.

그 모습에 화는 조소를 지으며 전신을 뜨겁게 달궜다.

"물이 상극이라고? 크륵. 그럼 물과 네놈을 한꺼번에 태워 버리면 되겠구나."

적색 불꽃처럼 생긴 주먹이 용악을 향해 뻗어나갔다.

권에 담긴 위력 탓에 호수의 물이 '치이익' 소리를 내며 증발됐다.

닿기만 해도 타버릴 것처럼 무시무시한 기세였다.

'흙보다는 물이 진기 소모가 덜하겠지.'

불과 물이 상극이란 말은 그냥 한 말이었다.

물에 기벽을 심으려는 것이다.

투캉― 파우아―!

용악이 손을 올리자 거대한 바위라도 떨어진 것처럼 물이 사방으로 치솟아올랐다. 동시에 용악의 신형을 높이 떠오르게 만들었다.

풍을 상대할 때보다 확실히 다루기 쉬웠다.

연이어 일어나는 물기둥에 용악은 몸을 실으며 곧장 화를 향해 내달렸다.

쿠콰콰콰!

거대한 해일이 용악을 쫓으며 물기둥들을 집어삼켰다.

"크륵큭. 전부 태워 버린다."

화는 용악의 행동을 보며 비웃었다.

힘이 약하다고 덩치를 거대하게 만드는 바보와 다를 바 없는 행동으로 보인 탓이다.

그르릉!

화의 주먹이 교차할 때마다 불덩이가 늘어났다.

모두 일곱.

풍의 풍산월과 같은 형태의 무공이었으나 그것과는 비교도 할 수 없는 강한 힘이 담겨 있었다.

화룡아(火龍牙).

불꽃으로 만들어진 용의 이빨.

붉은 꼬리를 가진 용 일곱 마리가 거대한 해일과 함께 다가오는 용악을 물어갔다.

콰콰콰!

쿠룽— 콰쾅—!

용악은 일어난 물기둥을 횡으로 다시 한 번 연결해 화룡아를 막으며, 뒤에서 달려드는 해일을 이용해 기둥을 또다시 만들었다.

화를 향해 치솟은 기둥은 이내 사그라졌고, 새로운 방향으로 내리막길이 만들어졌다.

용악의 머릿속에는 이미 뭘 어떻게 하겠다는 생각 자체가 없었다.

‘이화유능제, 너만 믿는다.’

진기도 바닥이 나서 한 번밖엔 기회가 없었다.

화는 전력을 다한 화룡아들이 해일과 수벽(水壁)에 막혀 맥을 못 추자 다음 공격을 준비하려다 말고 주먹을 뻗었다.

엄청난 속도로 달려드는 용악을 날려 버리려는 것이다.

빡!

화의 주먹과 용악의 손바닥이 맞부딪쳤다.

용악은 내려오던 힘을 이용해 화를 밀어붙였다.

이어서 두 사람을 해일과 같은 물줄기가 덮었다.

쿠— 웅— 쏴아아—!

소호 나루터를 휩쓴 물이 다시 호수로 되돌아가며 상황이 드러났다.

“쿨럭⋯⋯.”

바닥에 쓰러져 기침을 한 쪽은 용악이었다.

“용 소협!”

멀리서 들려온 황보소소의 비명과 묵이곤의 목소리가 나루터 양쪽에서 동시에 터져 나왔다.

그러나 두 사람을 제외한 모든 사람들은 용악이 아닌, 기침조차 할 수 없는 상태가 된 화를 보고 있었다.

눈도 감지 못하고 대자로 뻗은 화.

그의 몸은 바닥을 향해 있건만 목은 반대로 돌아가 있었다.

“용 소협!”

황보소소가 만류하는 구징효를 뿌리치며 용악에게 달려갔
다.

"나보다도 어려 보이는 사람이… 손짓 한 번에 십여 장을
날려 버리는 고수와 혼자 싸워서 이겼다. 내가 직접 보지 않
았다고 해도 믿을 수 있었을까?"

용악을 향해 달려가는 묵이곤을 바라보며 묵정곤은 혼잣
말을 했다.

"하아, 황보세가는 무슨 복으로 저런 사람을 식객으로 받
았을까요?"

예소정이 한숨 쉬며 묵정곤에게로 다가갔다.

"글쎄요."

"세가로 돌아가면 오늘 일에 대해 뭐라고 해야 할지 모르
겠어요, 묵 공자님."

"눈으로 본 그대로 말하는 게 좋겠지요. 비록 안 믿을지라
도."

"……."

예소정은 묵정곤의 옆모습을 쳐다봤다.

동생을 위하는 모습이나 위기의 상황에서 사람들을 통솔
하는 모습이 꽤나 괜찮아 보인다고 생각했다.

"나중에라도 오늘 일에 대해 말하고 싶을 때… 묵 공자님
을 뵐 수 있을까요?"

"…저 역시 하고 싶은 말이군요."

두 사람은 서로를 바라보다 상황과 어울리는 대화가 아님을 깨닫고 조용히 웃으며 용악에게로 걸어갔다.

용악 주위로 사람들이 모두 모였을 때다.

"또 보네요, 소협? 에고고, 힘들다."

낯선 목소리에 사람들이 일제히 자세를 잡으며 방어 태세를 취했다.

"용 소협은 할 만큼 했습니다."

묵정곤이 이를 악물며 선두로 나섰다.

그 옆으로 예소정이 다가갔다.

"하하하! 제 꼴이 말이 아니지만 경계할 것까지는 없습니다. 저는… 구 대협, 접니다."

물에 빠진 생쥐 꼴의 청년이 구징효를 발견하고 손을 흔들었다.

구징효는 처음 보는 자가 아는 척을 하자 자세히 살펴보다 비슷한 인물을 기억해 냈다.

"큿. 자넨 여의단에서 나왔다는……."

"화인입니다."

"그때와 모양새가 많이 달라졌군. 젊은이들, 긴장하지 말게. 내가 혁련세가의 무장들에 둘러싸였을 때 도와준 사람이니."

구징효가 사람들 앞으로 나와 사마화인을 반기려다 말을 흐렸다. 사마화인이 타고 있는 말에 딸려 있는 줄을 발견한 까닭이다.

"아! 혁련휘지입니다. 꽤나 고약한 상처를 입었더군요. 그건 그렇고, 여긴 왜 이런 건가요, 구 대협?"

"여기? 크흠, 그게… 말하자면 사연이 기네. 아무튼 그놈은 잘 데려왔군. 거기 내려놓게."

"내려놓다니요? 여의단으로 데려가야 합니다."

"여의단에? 어째서?"

"몇 가지 조사를 해야 하거든요."

"무슨 소리를 하는 게야. 그놈 때문에 여기 있는 사람들이 얼마나 고생을 했는데. 어서 내려놓게."

"하하하. 안 된다고 했잖습니까. 하마터면 이자 때문에 얼어 죽을 뻔했다고요."

"그래? 뒷감당할 자신 있으면 그렇게 하든지. 킁."

구정효는 더 이상 말을 해봐야 소용없다는 걸 깨닫고 용악에게로 고개를 돌렸다.

"또 보는군."

용악이 화에게서 떨어지며 입을 열었다.

한눈에 봐도 얼마나 지쳤는지를 알 수 있게 해주는 모습이었다.

"하하하! 또 반말이군. 안휘 지부에선 그냥 넘어갔는데……."

"혁련휘지는 놓고 가."

용악이 짧게 말을 끊었다.

"안 된다니까."

"그럼 그렇게 만들지."

용악은 힘겹게 자리에서 일어나며 곧장 사마화인에게로 걸어갔다.

"이봐, 싸울 셈인가? 그 몸으로?"

"필요하다면."

용악의 표정이 진심이란 걸 알려주었다.

사마화인이 양손을 펴며 흔들었다.

"나도 웬만하면 싸움을 피하는 사람은 아니거든? 하나 오늘은 아닌 것 같다. 얼음덩이를 상대하느라 힘을 죄다 뺐다고."

"얼음덩이?"

"여자였어. 얼어 죽는 줄 알았다니까."

"…그렇게 된 거로군."

용악은 사마화인이 어떻게 혁련휘지를 데려올 수 있었는지 짐작할 수 있었다. 풍을 상대하는 동안 사라졌던 무장이 빙을 찾아갔을 것이다.

"한 가지 묻지."

"좋아. 나도 대화로 해결하는 쪽을 선호한다고."

사마화인이 반색을 하며 용악을 쳐다봤다.

"사냥꾼이 멧돼지를 쐈다. 한데 멧돼지는 죽지 않았지. 그러다 우연히 근방의 농부에게 붙잡혔다. 주인은 누군가?”

용악의 말은 따로 설명이 필요없을 만큼 명확했다.

사마화인은 용악을 뚱한 눈으로 쳐다보다 밧줄에 매달려 있는 혁련휘지를 돌아봤다.

“사냥꾼이 어떤 상처를 입혔는데?”

“단전을 없앴지.”

“…이런, 아팠겠네. 큭.”

사마화인은 어깨를 으쓱거렸다.

용악의 말과 혁련휘지의 상처가 일치했다.

그렇다고 해도 사마화인은 농부가 되긴 싫었다. 혁련휘지를 데려오기 위해 빙과 목숨을 내놓고 싸웠다. 더구나 ‘그들’에 대해 알아낼 좋은 기회였다.

사마화인은 말에서 내렸다.

주먹을 쥐며 기를 운용하자 전신에 달라붙은 물기가 서서히 말라가기 시작했다.

“대화를 선호한다고? 훗.”

용악은 입술을 비틀며 짧게 웃음을 내뱉었다.

비웃음이란 것을 알지만 사마화인으로서는 참을 수밖에 없었다.

“잠깐만요!”

두 사람 모두 혁련휘지를 포기할 수 없다는 의지를 보인 순간, 황보소소가 나섰다.

“어? 누구……."

사마화인을 감싸던 기세가 사라지며 동그란 그의 눈이 황보소소를 향해 돌아갔다.

“황보소소라고 해요. 공자님은……."

“여의단의 여의총령을 맡고 있는 사마화인입니다, 황보 소저."

사마화인의 포권에 갑자기 주위가 술렁였다.

사마화인이란 이름은 몰라도 여의단 여의총령에 대한 소문은 저마다 한 번씩은 들어봤기 때문이다.

“어째서 이런 곳에 당신과 같은 미인이 계신 거죠?"

“여의단에선 왜 혁련휘지가 필요한지 어쭤봐도 될까요?"

“예?"

“저자는 제 아버님과 두 오빠를 음해한 자입니다. 이런 저보다 저자가 더 필요하신가요?"

“아……."

사마화인은 황보소소의 정색이 된 얼굴이 무척 아름답다고 여겼으나 차마 내색할 순 없었다. 평소 같았으면 대충 얼버무릴 그였으나 순간적으로 대답할 말이 떠오르지 않았다.

“인정하신다면 제가 데려갔으면 하는군요."

“그, 그건 안 됩니다, 황보 소저. 혁련휘지는 몇 년 동안 조사한 자료를 증명할 유일한 증인이거든요. 죄송합니다."

“사마 총령님, 땅에 떨어진 물건을 주웠다고 그 물건의 주인이 되는 건 아닙니다.”

“주인인지 아닌지 확인도 안 하고 물건을 돌려주지도 않지요.”

“용 소협의 말씀을 못 들으셨나요?”

황보소소는 사마화인을 똑바로 쳐다봤다.

용악의 말을 대단히 신뢰하지 않고선 보일 수 없는 태도였다.

“이거 참, 나만 나쁜 놈 되는 분위기네요.”

사마화인이 씁쓸하게 웃었다.

사실 용악이 사냥꾼 얘길 했을 때부터 혁련휘지를 포기해야 할지도 모른다는 생각을 한 그였다. 황보소소와 같은 미인까지 가세한다면 더 이상은 버틸 방법이 없었다.

“용 소협, 한 번으로 끝내는 게 어때? 진 사람은 두말하지 않기로 하고.”

사마화인이 황보소소의 시선을 견디지 못하고 용악에게 제안을 했다.

“사마 총령님!”

“황보 소저, 이게 최선이에요. 저도 혁련휘지를 목숨 걸고 데려왔다고요.”

사마화인은 황보소소를 보지 않고 말했다.

괜히 황보소소의 눈을 봤다가는 말을 끝까지 못할 것 같았기 때문이다.

“난 그럴 생각 없는데? 관두지.”

“뭐?”

용악의 입에서 전혀 기대하지 않았던 대답이 나오자, 사마화인은 용악을 의심스러운 눈으로 쳐다보며 말을 이었다.

“그럼 혁련휘지를 포기하겠다는…….”

“거래를 하자. 나는 저 쥐새끼를 데리고 혁련세가까지만 가면 된다. 그다음은 네 멋대로 해라.”

‘혁련세가까지만?’

사마화인의 얼굴에 고민하는 것이 역력히 드러났다.

“쥐새끼를 도망가지 못하게 해놨는데 이상한 것들이 끼어드는 바람에 놓쳤다. 그사이 네가 낚아챈 것이다. 그 정도면 적당한 선이지.”

“이거 하나만 분명히 하자. 최종적으로 혁련휘지를 데려가는 건 나다.”

사마화인은 눈에 불을 켜며 확인했다.

용악은 바로 고개를 끄덕였다.

그제야 사마화인은 표정을 풀었다.

황보소소나 다른 사람들이 용악을 바라보는 시선을 이미 읽은 후였다.

지금 상황에선 사마화인이 뭐라고 하든 사람들은 용악을 신뢰하고 있었다. 용악의 제안 정도라면 사마화인도 그리 손해 보는 건 아니었다.

"좋다. 내가 양보하지."

사마화인은 용악이 무척 건방진 놈이라고 생각했으나, 처음 봤을 때의 신비함이 남아 있었다.

묘하게도 궁금해지게 만든다고나 할까?

'얼음덩이를 상대하느라 녹초가 됐는데 저놈은 둘이나 상대하고도 멀쩡해 보인다.'

사마화인은 화의 목이 돌아간 것을 보고 내색은 하지 않았으나 놀람을 지나 경악했었다.

그런 용악을 적으로 만드는 것은 멍청한 자들이나 하는 짓이었다.

"하하하! 용 소협, 그럼 우린 친구가 된 건가? 나이도 비슷하고……."

"구노, 쥐새끼 챙겨요."

용악은 대뜸 뒤를 돌아보며 구징효에게 말했다.

머쓱해진 사마화인이 뭐라고 하려다 구징효를 돌아봤다.

"구노?"

사마화인의 눈이 휘둥그레졌다.

무쌍권 구징효에게 눈앞의 정체 모를 건방진 기인 녀석이 '구노'라는 호칭을 사용했기 때문이다.

*　　　*　　　*

수염을 가슴께까지 기르고 부리부리한 눈매에 힘이 가득 담긴 오십대 중반의 중년인이 어두운 표정으로 난간에 나와 있었다.

현 혁련세가의 가주 혁련천이었다.

화, 빙, 풍 세 사부의 죽음에 관한 소식은 하루 만에 세가로 날아왔다.

처음 그 소식을 들었을 때 혁련천은 믿을 수가 없었다. 돌아온 무장에게 직접 듣지 않았다면 직접 보기 전까지는 믿지 않았을지도 모른다.

상급 무장들이 한 사람에 의해 죽임을 당했다는 얘길 들었을 때는 그럴 수도 있다고 여겼다. 하지만 현수와 희창도 죽었으며, 여의단까지 가세해 화, 빙, 풍 세 사부를 죽였다는 말을 들었을 때는 평정심을 유지할 수 없었다.

그 말은 곧 혁련세가의 모든 기반이 무너졌다는 뜻이 되기 때문이다.

세 사부가 어떤 고수인지 누구보다 잘 아는 사람이 혁련천이었다.

'설마 도좌와 권좌의 후예인 그들을 상대할 자가 있을 줄이야……'

여의단의 등장은 의외였다.

혁련천은 몸을 떨었다.

화, 빙, 풍이 혁련휘지의 자질을 알아보고 제자로 삼겠다고 한 날부터 혁련천의 삶은 없었다. 오로지 아들을 위해 살았다.

그런 아들이 끌려오고 있었다.

"한 명도 남김없이 배치시킨다. 나 혁련천! 아들에게 한 점 부끄럼 없는 아비로 최후를 맞이할 것이다."

혁련천의 명령이 떨어지자 곧바로 혁련세가 전체가 비상사태로 돌입했다. 담 위로, 건물 안과 밖으로, 땅속과 연무장으로 전력이 이동하는 데 걸린 시간은 길지 않았다.

'그자의 예견이 맞은 건가?'

혁련천의 머릿속으로 한 사람이 또렷이 떠올랐다.

권좌의 후예인 화, 빙, 풍에게 혁련세가에서 떠날 것을 종용하던 자.

그에게만은 화, 빙, 풍도 조심스럽게 대했다.

혁련천이 기억하고 있는 것은 그가 '십인회'란 곳에 소속된 자란 것뿐이었다.

*　　　*　　　*

호북성 문산(門山).

십이대세가 중 최고임을 자타가 공인하는 혁련세가가 위치한 곳이다. 정문 위로 높게 솟은 칠층 전각을 본 용봉들은 묘한 위화감을 느끼는지 잠시 발길을 머뭇거렸다.

"대단하네요."

황보소소가 용악에게만 들릴 정도의 목소리로 감탄했다.

"놀랄 것 없어요. 내세울 게 없는 자들이라 그래요."

"예?"

"속은 비었는데 크게만 보이려고 문을 저렇게 만드는 거죠."

"……"

"보세요. 덩치 큰 돌머리가 '난 대단한 사람이니 알아서 조심해'라고 말하는 것 같지 않아요? 제 눈엔 그렇게 보이네요."

"피."

용악이 턱을 내밀며 건달 흉내를 내자 황보소소는 입술을 삐죽이며 웃었다.

혁련세가를 앞에 둔 황보소소의 마음이 어떨지 알고서 긴장을 풀어주려는 것이다.

효과가 있었던 모양이다.

황보세가와 다른 거대한 전각에 위축됐던 황보소소의 마음이 편안해졌다.

그때 정문이 열리며 대머리에 어디서나 볼 수 있을 것 같은 평범한 얼굴의 중년인이 나왔다.

"저는 혁련세가의 총관 이정이라고 합니다. 도련님께선……"

총관은 더운 날도 아닌데 쉴 새 없이 땀을 흘리며 주위를 두리번거렸다. 혁련휘지를 찾는 것이 분명했다.

"혁련 공자는 마차 안에서 쉬고 있네."

묵이곤은 총관의 표정을 읽고서 용악이 있는 뒤쪽을 가리키며 말하고는 열린 문 안을 살폈다. 위로 보이는 전각 일층이 뻥 뚫려 있었다. 그 뒤로 부산히 움직이는 무리가 보였다.

"그것이… 가주님께선 도련님만 안으로 들이고 나머진 돌려보내라고……."

"그게 무슨 말인가? 우린 십이대세가의 용봉들일세. 혁련세가에서 어찌 우리를 문전박대할 수 있는가?"

묵정곤이 호통을 치며 앞으로 나서자, 다른 용봉들도 함께 나서며 힘을 실어주었다.

"어이구, 문전박대라니요. 당치 않습니다. 그저 상황이 좋지 않아 그런 것이니 이해해 주십시오."

"항간에 혁련세가가 다른 세가들을 업신여긴다는 말이 있던데 사실인 모양이군. 내 직접 혁련 가주를 뵙고 따져야겠네. 비키게."

묵정곤은 총관을 밀치고 곧장 정문 안으로 들어가려 했다. 다급해진 총관은 위사들에게 막으라고 소리치며 안으로 도망쳤다.

그러나 위사들은 용봉들의 가벼운 손짓에 우후죽순처럼 나가떨어지기 바빴다.

용봉들이 정문으로 들어서자 뻥 뚫린 일층 전각 아래 한 사람이 서 있었다.

혁련천이었다.

"휘지를 놓아주게."

그늘 때문에 얼굴이 제대로 보이진 않았으나 뒷짐을 진 모습이 예사롭지 않게 보였다.

"혁련 가주십니까?"

"내가 혁련천일세."

"혁련휘지가 무슨 짓을 저질렀는지 알고서 하시는 말씀이십니까?"

"그만하면 휘지도 정신을 차렸을 걸세."

"……."

묵정곤은 혁련천의 엉뚱한 대답에 말문이 막히고 말았다. 마치 소호에서 어떤 일이 있었는지 모두 알고 있는 듯한 말투였기 때문이다.

용봉들 뒤에서 지켜보던 용악과 사마화인이 슬쩍 한 걸음 더 물러섰다.

"멍청한 거야, 돌은 거야?"

사마화인이 어이없는 목소리로 한숨을 내쉬었다.

화, 빙, 풍이 모두 죽었는데도 혁련천은 너희들 정도는 언제든 죽일 수 있다는 것처럼 행동했기 때문이다.

"후후후, 너무 함부로 말하지 마. 혹시 알아? 저자도 네게 똑같은 말을 해주고 싶은지."

용악이 웃으며 사마화인에게 한마디 건넸다.

그러자 사마화인은 화를 내기는커녕 흐뭇하게 웃는 얼굴로 용악을 돌아봤다.

이젠 그런 장난 안 통한다는 표정이었다.

그러나 용악의 시선은 이미 사마화인을 떠나 담 위를 향해 있었다.

사마화인의 시선도 담 위를 향했다.

"…뭐야, 저것들은?"

담 위에는 어느새 상당수의 궁수들이 모습을 드러내고 있었다.

"혁련 가주, 생각해 낸 것이 겨우 화살이요? 여의단 여의총령 체면이 말이 아니군. 사파 녀석들도 안 하는 이런 유치한 짓을 어떻게 실행에 옮길 생각을 했지?"

사마화인은 한 손으로 머리칼을 쓸어 올리며 고개를 가로저었다.

사마화인의 투덜거림이 계속 이어지려는데 혁련천이 손을 드는 것이 보였다.

"휘지를 넘겨주지 않으면 부득이하게 이 손을 내려야 하네."

"혁련 가주님, 최악의 상황은 피하십시오. 이곳에는 다섯 세가의 용봉들이 모여 있습니다. 아무리 혁련세가라도 무사할 것 같습니까?"

"무사? 허허, 내가 지금 그런 걸 가릴 것이라 여기느냐? 너희들이 순순히 휘지의 뜻에 따라주기만 했어도 이런 일은 생기지 않았다! 그분들의 총애를 받도록 내가 얼마나 애썼는데!"

혁련천은 내공을 사용해 혁련세가 전체를 울리게 만들었다.

"그분들? 혁련 가주, 그분들이 누굽니까?"

묵정곤이 곧바로 반문했다.

"…마지막 경고다. 휘지를 내게 보내라."

혁련천은 대답 대신 경고를 했다.

곧이라도 손을 내릴 것 같은 비장함까지 흘렀다.

묵정곤은 대답하지 못하고 뒤를 돌아봤다.

그때였다.

"난 거기서 빼주시죠, 혁련 가주?"

용봉들과 혁련천의 시선이 사마화인에게로 향했다.

"뭘 빼달라는 거냐?"

"혁련 가주, 난, 이 사람들과 별 상관도 없소. 그저 구경이나 하러 왔으니 내게 화살을 쏘진 말아달라는 뜻이오."

사마화인은 히죽 웃기까지 했다.

혁련천의 눈썹이 파르르 떨렸다.

사마화인은 지금 혁련천을 놀리고 있었다.

"참! 한 가지 묻는다는 걸 잊었네. 황보세가와 관련된 것 말이오. 그 일은 혁련휘지 혼자 한 일이오, 아니면 당신도 관련이 있는 일이오?"

이번엔 사마화인의 시선이 용악을 향했다.

이곳에서의 일을 최대한 빨리 끝내겠다는 속셈이었다.

"너희들은 누구냐?"

혁련천은 그제야 용악과 사마화인이 용봉들과 다르다는 것을 깨닫고 침중하게 물었다.

"나는 혁련휘지를 곧장 데려가려고 했는데 이 사람이 한사코 여길 들러야 한다고 해서 온 사람이오."

"휘지를 데려가? 감히 어딜 데려간다는 말이냐?"

"여의단."

"……!"

"뭐, 이곳에 오길 잘한 것 같네. 혁련 가주도 '그들' 에 대해 아는 것 같으니."

"그들?"

"왜 혁련휘지에게 총애를 베푼 자들 말이오. 그들과 관련된 자들을 나는 '그들' 이라고 부른다오."

"……."

"자, 나는 대답을 했으니 이젠 혁련 가주가 대답할 차례요. 황보세가에 관한 것과 '그들' 에 관해 말해주시겠소?"

사마화인의 화법은 무척 독특했다.

상대가 듣고 싶은 대답을 다 해주는가 싶으면 어느새 질문으로 돌변해 있었다.

"…끝인 건가."

혁련천은 혼잣말을 하다 갑자기 고개를 들며 손을 치켜들었다.

그때였다.

"구노!"

용악은 자리에 없는 구징효를 부르며 자세를 낮춰 땅에 손을 댔다.

푸학!

용악과 황보소소, 혁련휘지를 태운 가마 주위의 흙이 갑자기 일어났다.

파바박!

사방에서 용악 등을 노리고 화살이 쏟아졌으나 그 흙벽을 뚫지는 못했다.

쿵! 쿵!

그때, 담을 울리는 굉음이 연속해서 일어나더니 벽에 금이 가기 시작했다.

정문에서 시작된 금은 순식간에 횡으로 퍼져 가다 급기야 삼 장 가까운 담벼락이 무너지는 사태가 일어났다.

혁련천의 명령으로 화살을 쏘던 궁수들이 그 광경에 급히 자리를 피했기에 더 이상 화살은 쏟아지지 않았다.

"아……."

혁련천의 입에서 탄식이 흘러나왔다.

혁련휘지가 바로 몇 발자국 앞에 있는데 손조차 건넬 수가
없었다.

"큿. 이것들은 예의를 밥 말아 먹었나, 손님이 왔으면 정중
히 맞이해야 할 것 아니야!"

구징효가 정문으로 들어서며 혁련세가 전체가 들썩일 정
도로 크게 소리쳤다.

"구노, 이쪽으로 와요."

용악이 구징효를 불렀다.

그때까지 사마화인은 계속해서 용악을 쳐다봤다.

조금 전에 펼친 용악의 무공 때문이다.

처음 보는 형태의 무공이었다.

기를 이용해 호신강기를 펼치거나 검으로 검환을 만드는
것과는 달랐다.

땅이 저절로 일어난 것도 같았고, 용악이 땅에 생명을 주입
해 살아나게 만든 것도 같았다.

"아! 여긴 걱정 안 해도 돼. 황보 소저는 내가 지키고 있을
테니까."

"……."

"사람이 말을 하면 좀 듣지?"

"……."

용악은 사마화인의 말을 들은 척도 안 하고 무시했다. 그리
고는 구징효가 오고 나서야 움직였다.

“크큭. 이봐, 젊은이. 용악은 내가 아니면 누구에게도 황보 소저를 맡기지 않는다구.”

구징효가 어깨를 으쓱하며 말했다.

“오, 대단하군요. 쳇.”

“샘 내지 말라구. 그만큼 나를 믿는다는 뜻이니까. 크크 큭.”

“……”

“……”

“젊은 놈에게 인정받아 좋으시겠어요.”

“큭. 지금 빈정거리는 거냐?”

구징효가 한쪽 눈썹을 치켜뜨며 곱지 않은 눈으로 사마화인을 쳐다봤다.

사마화인은 용악과 구징효의 이상한 관계에 고개를 흔들고 말았다.

용악은 멍한 표정으로 서 있는 혁련천에게 다가갔다.

“휘지는 죽은 거냐?”

혁련천은 다가오는 용악에게 자포자기한 목소리로 물었다.

“가마에 있다.”

“크흐흐. 그 말을 믿으라고?”

“모두 당신 같지는 않아.”

“휘지를 보여다오.”

"그전에 알아둘 것이 있다. 혁련휘지가 살아 있기는 한데 정상은 아니야."

"다쳤다는 거냐?"

"다치기도 했고, 중독도 됐고."

"중독?"

"혁련휘지가 황보 가주를 중독시켰거든. 같은 꼴이 돼봐야 그 고통을 알지."

"……!"

"그리고 지금부터 이곳을 손볼 예정이니까 비키지 않으면 죽는다."

용악은 차갑게 말을 마쳤다.

먼저 전각을 받치고 있는 돌기둥을 향해 손을 뻗었다.

꾸우— 웅—!

돌에서 난 소리인지 전각에서 난 소리인지 구분이 안 갈 정도로 진동이 심하게 일어났다.

혁련천은 용악이 무슨 짓을 하려는지 그제야 눈치채고 재빨리 혁련휘지가 있다는 마차를 향해 내달렸다.

"휘지야!"

절규에 가까운 외침이 혁련천의 입에서 터져 나왔다.

"잠시 후면 성한 건물이 없을 테니 피해요."

용악이 뒤를 돌아보며 말했다.

황보소소를 향해 한 말이었다.

황보소소는 용악이 무슨 일을 벌이려는지 알았다. 혁련세가를 황보세가처럼 만들려는 것이다.

'용 소협……'

전각의 울림 때문이다.

고마움에 몸이 떨려오고, 미안함에 마음이 떨려온다.

감정을 주체할 수 없어 자꾸만 울음이 나오려 했다.

"소저, 갑시다. 용악, 저놈이 힘자랑하려는 모양이오. 만날 나보고 힘자랑한다고 구박하더니. 쿵."

구정효도 알고 있었다.

용악이 안 했다면 자신이 나섰을지도 몰랐다.

모두 의아하기는 해도 모른 척 용악의 말을 따랐다.

한 사람을 제외하고.

"뭐 하는 거야!"

사마화인은 돌아버리기 일보 직전이 됐다.

혁련천에 의해 열려진 가마 안에는 분명 혁련휘지가 있었다. 하나 사마화인이 빙으로부터 데려오던 상태의 혁련휘지가 아니었다.

정신을 차리기는커녕 몸도 가누지 못하고 있었다.

혁련천의 절규하는 모습에 떼어놓지도 못하고 그렇다고 데리고 나갈 수도 없는 아주 괘씸한 상태가 되고 만 것이다.

꾸드등ㅡ 그그극ㅡ!

용악이 서 있는 곳에서 요란한 소리가 흘러나왔다.

사마화인은 전각이 내는 비명 소리에 화급히 혁련천 부자를 데리고 정문 밖으로 몸을 날렸다.

"용악!"

사마화인은 이를 갈았다.

그러나 그것도 오래가진 못했다.

거대한 굉음과 함께 전각이 주저앉기 시작했기 때문이다.

용봉들은 혁련세가의 무인들이 일제히 덤벼들 줄 알고 자리를 지켰으나 무인들은 용악의 무시무시한 기세에 뿔뿔이 흩어져 도망치기에 바빴다.

알맹이가 빠진 껍데기의 최후는 그렇게 쉽게 막을 내리고 있었다. 너무도 허무한 상황에 용봉들은 그동안 자신들을 겁먹게 한 혁련세가의 허상에 허탈해지기까지 했다.

한 사람에 의한 지진은 그 뒤로 한 시진 가까이 계속됐다.

第八章
사살(四殺)

천산마제

혁련천은 눈앞에서 세가가 무너지는 것을 보면서도 아무 것도 할 수 없었다. 몇백 년을 이어온 기반이 허무하게 무너지고 있었다.

"악마 같은 놈, 네가 혁련세가를 이렇게 만들고도 무사할 줄 아느냐? 내 기필코 네놈의 사지를 자르고 내장을 파내고 말 것이다."

혁련천의 악다문 입에서 용악을 저주하는 말이 쏟아졌다.

말 같지도 않은 소리에 사람들은 대꾸도 하지 않았으나, 구징효는 그럴 수 없었다.

"쿵. 차라리 네가 안고 있는 그 싸가지없는 새끼가 그런 소릴 했다면 이해가 간다. 자식 잘못 키운 생각은 안 하고."

구징효가 콧방귀를 뀌며 비웃음을 날려주었다.

의식을 잃고 있던 혁련휘지가 깨어난 것은 그때였다.

"…버지……."

"휘……."

"…귀, 귀……."

혁련휘지가 놀라는 혁련천을 애절하게 바라보며 고개를 미미하게 흔들었다. 깨어난 것을 알리지 말라는 신호였다.

혁련천은 재빨리 혁련휘지를 끌어안는 척하며 귀를 갖다 댔다. 한동안 그 자세로 있던 혁련천이 서서히 혁련휘지와 떨어졌다, 입 가득히 미소를 얹은 채로.

"흐흐흐. 그래, 같이 가자."

혁련천의 목소리가 달라졌다.

구징효를 바라보는 그의 눈빛에 비웃음이 가득했다.

"난 안 가. 내가 왜 같이 가야 하는데? 큭. 난 안 갈 테니 둘이 사이좋게 가라구. 어딘지 모르지만. 크큭."

구징효는 혁련천을 바라보며 우쭐한 표정이 됐다. 나름 멋지게 한 방 먹였다고 생각한 까닭이다.

그러나 혁련천은 이미 구징효에게 시선을 떼고 옆에 있는 황보소소를 쳐다보고 있었다.

"네년이 황보소소로구나."

"……!"

황보소소는 갑자기 오싹한 기분이 들며 혁련천을 돌아봤
다.

"모든 것이 네년 때문에 무너지는구나."

"……?"

황보소소는 너무나 황당한 혁련천의 말에 할 말을 잃고 말
았다.

혁련휘지와 황보소소 사이에 벌어진 일을 다 아는 용봉들
로선 어이없는 광경이 아닐 수 없었다.

"터무니없는 소리요!"

묵정곤과 예소정이 동시에 외쳤다.

그러나 혁련천의 귀엔 다른 소린 들어오지 않았다.

"네년만은 반드시 데려간다. 같이 가자, 지옥으로. 호흐
흐."

혁련천은 혁련휘지를 끌어안은 채 황보소소를 향해 차갑
게 웃었다.

'왜 저런 말을 하는 거지? 저 눈빛… 확신에 차 있다. 왜
지?'

황보소소는 자신도 모르게 떨려오는 손을 쥐었다.

혁련천이 하는 말의 의미가 뭔지 생각하지 않으려고 해도
자꾸만 떠올랐다.

"…세가… 를 노리고 있군요."

"호흐흐."

혁련천은 긍정도 부정도 하지 않았다.

그냥 웃었다. 보는 이로 하여금 귀기스러움을 느끼게 만드는 웃음을.

"구, 구 대협, 요, 용 소협을 불러… 아니에요. 제가 가서 말해야겠어요."

황보소소는 실성한 사람처럼 말하며 쓰러질 듯 휘청거리며 먼지 가득한 혁련세가로 들어가려 했다.

"황보 소저, 무슨 말이오? 왜 용악을 불러야 하는지 말을 해봐요."

"저, 저……."

"혁련 가주 말이오?"

구징효의 질문에 황보소소는 고개를 끄덕였다.

"…일을 꾸미고 있어요."

"어떤 일을 말이오?"

"저는 알아요. 저… 저 표정… 천금장주와 똑같아요. 천금장주가 저를 납치했을 때 저 표정을 지었어요."

"……!"

구징효는 그제야 황보소소가 무슨 말을 하고 싶은지 알 것 같았다. 지금 당장 황보세가로 돌아가고 싶은 것이다.

"구 대협, 무슨 일입니까? 황보 소저가 왜 저렇게 떨고 있는 거죠?"

사마화인이 묘한 분위기를 느끼고 물었으나 구징효는 먼

지 자욱한 혁련세가만 바라보며 발을 동동 굴렀다.

"용 소협이 나왔습니다!"

혁련세가를 지켜보고 있던 누군가가 큰 소리로 외쳤다. 먼지를 가르며 용악이 나오고 있었다.

"용악, 이리로! 서둘러!"

구징효가 황보소소 곁을 떠나지 못하고 용악을 소리쳐 불렀다.

"구노, 무슨 일이에요?"

용악은 다급한 구징효의 목소리에 한달음에 다가왔다.

"황보세가로 돌아가야 할 것 같다."

구징효가 밑도 끝도 없이 말했다.

"갑자기 무슨… 황보 소저?"

그제야 용악의 눈에 몸을 사시나무 떨 듯이 떨고 있는 황보소소가 들어왔다.

"용 소협, 저 사람의 눈이… 눈이… 천금장주가 저를… 납치했을 때와… 똑같아요."

"천금장주?"

용악이 혁련천을 돌아보자 혁련천은 기다렸다는 듯이 용악을 향해 조소를 날렸다.

용악은 곧장 혁련천에게 다가가 한 손으로 멱살을 잡아 들어 올렸다.

"황보세가에 무슨 짓을 한 거냐?"

“용 소협, 그렇게 한다고 말을 할 사람이 아니잖아. 일단 내려놓고 말로 하자고.”

사마화인이 보다 못해 나섰다.

그러자 용악이 거짓말처럼 혁련천을 내려놓았다.

“어?”

사마화인은 용악이 자신의 말을 듣자 눈을 껌뻑이며 당황했다. 지금까지 알던 용악과 전혀 달라 보였다. 하나 용악의 손에 혁련천 대신 혁련휘지가 잡혔을 때는 얼굴을 부여잡으며 고개를 내젓고 말았다.

“걔는 왜 또!”

사마화인이 급히 달려가 용악의 손을 잡았다.

“손 떼.”

용악의 목소리가 낮게 깔렸다.

엄청난 분노가 담겨 있었다.

“못 떼. 이건 약속을 위반하는 행위야. 네가 손 떼.”

사마화인은 고개를 저으며 용악의 손을 더욱 세게 움켜쥐었다. 하나 그런다고 혁련휘지를 놓칠 용악이 아니었다. 용악의 왼손이 오른손을 잡고 있는 사마화인의 손을 덮었다.

“지금 떼지 않으면 후회한다.”

“난 후회할 일은 하지… 윽!”

사마화인은 말을 하다 말고 갑자기 몸을 뒤로 뺐다.

용악의 이화유능제가 손을 통해 들어온다는 것을 느낀 순간 반사적으로 취한 행동이었다.

"황보세가에 어떤 자들을 보냈느냐?"

용악은 사마화인이 물러서자 다시 혁련휘지를 더욱 바짝 끌어당겼다.

혁련휘지는 풀린 눈으로 용악을 응시한 채 아무 말도 하지 않았다.

"대답하지 않으면 네 아비는 죽는다."

용악의 눈은 진심이었다.

혁련휘지는 아닐 거라 생각했다.

용봉들이 모인 곳에서 용악이 혁련천을 죽일 리가 없었다. 허풍일 것이다.

그러나 용악의 왼손은 이미 혁련천을 향해 멈춰 있었다.

"몇 명을 보냈느냐?"

"……."

용악의 손이 오므려졌다가 펴지는 순간.

퍽.

"끄아악!"

'아버지!'

혁련휘지의 귀로 혁련천의 비명 소리가 파고들었다.

용악에게서 벗어나려 바둥거렸으나 소용없었다.

"말해."

'내가 유리한 입장이야. 이놈은 결코 아버지를 못 죽여.'

혁련휘지는 이를 악다물었다.

움찔.

용악의 왼손이 다시 펴지려 했다.

거래고 뭐고 그런 것이 통할 자가 아니었다.

"마, 말하겠다. 아버지를… 살려다오. 사살… 사살을 태산으로 보냈다."

혁련휘지가 급히 말하며 숨을 몰아쉬었다.

"사살?"

용악이 인상을 찌푸리며 구징효를 돌아봤다.

구징효는 혁련휘지에게서 사살이란 말이 나오는 순간 침통한 표정을 지었다.

"구노."

사살이란 자들이 어떤 자들인지 묻는 말이었다.

구징효는 대답하지 않았다.

"구노!"

"…죽이는 것만 잘하는 놈들이다."

털썩.

구징효의 대답에 황보소소의 신형이 허물어지듯 무너졌다.

용악은 구징효가 황보소소를 부축하는 사이 혁련휘지를 들고 혁련천 옆으로 갔다. 그리고는 혁련휘지가 보는 앞에서 혁련천의 복부에, 정확히는 단전에 손을 올려놓았다.

"너희들은 이제 지나가는 개새끼 한 마리 죽일 힘도 없을 거다. 살려준다고 고마워할 필요는 없어. 만약 황보 가주의 신변에 조금이라도 이상이 있을 시에는… 살아 있다는 것이 얼마나 불행한 일인지 깨달을 때까지 괴롭혀 줄 테니까."

용악은 혁련천의 단전에서 손을 뗐다.

그제야 혁련휘지는 용악의 말을 실감할 수 있었다.

몸을 크게 들썩인 혁련천의 신형이 잠잠해졌다.

"아, 아버지!"

혁련휘지는 바닥을 기어서 혁련천을 흔들었다.

혁련천은 하늘을 향해 누운 채 꼼짝을 하지 않았다.

"휘, 휘지야, 기, 기가 모이질 않는다……. 기, 기가 모이질 않아! 끄아아아!"

혁련천은 자신의 단전이 파괴됐다는 사실을 받아들이지 못하고 끝내 정신을 잃고 말았다.

"아버지! 자, 잔인한 놈! 차라리 나와 아버지를 죽여라!"

혁련휘지가 주위를 향해 악을 써댔으나 그 누구도 쳐다보지 않았다.

용악은 혁련휘지를 싸늘하게 바라본 후 몸을 돌렸다.

"이봐, 그냥 가려고? 빚진 건 갚게 해줘야지."

떠나려던 용악이 사마화인을 돌아봤다.

속에서 천불이 나는데 억지로 참고 있는 얼굴의 사마화인이 손을 매만지며 용악을 노려보고 있었다.

"큥. 저런 싸가지. 얘기 못 들었냐!"

구징효가 못 참고 버럭 소릴 질렀다. 하나 사마화인은 구징효에겐 신경도 쓰지 않았다. 오히려 더욱 기세를 피우며 용악을 노려봤다.

"지금이 아니면 언제라도 좋다. 황보세가로 와라."

용악은 사마화인을 똑바로 바라보며 말했다.

"나도 지금 당장 뭘 하겠다는 건 아니었다. 다음에 보면 그때는……."

"약속하지."

다시 용악이 돌아서려 했을 때다.

"용 소협, 마차를 가져가십시오. 황보 소저를 안은 채로 그 먼 거리를 움직였다간 오히려 낭패를 당할 수 있습니다."

묵정곤이 마차가 있는 곳을 가리켰다.

"고맙군."

용악의 입에서 나올 것 같지 않은 말이 흘러나왔다.

"다, 당치 않습니다. 양주묵가는 황보세가를 남으로 여기지 않습니다."

묵정곤은 당황해서 말까지 더듬었다.

겨우 마차 한 대 내준 것에 고마움을 느낄 줄 아는 사람이었던가?

묵정곤은 용악이 마차를 타고 사라질 때까지 멍한 표정을 지은 채 한동안 꼼짝을 하지 못했다.

"묵 공자님, 괜찮아요?"

예소정이 다가와 묵정곤의 어깨를 가볍게 두어 번 두드렸다.

"아! 괜찮소, 예 소저."

"조금 전에 하신 말씀 진심이세요?"

"무슨……."

"양주묵가는 황보세가를 남으로 여기지 않는다는 말씀이요."

"진심은 아닙니다."

"예?"

예소정이 어리둥절한 표정으로 묵정곤을 쳐다봤다.

"그 어떤 세가도 못한 일을 황보세가 단독으로 해냈습니다. 남으로 여기지 않는다는 말보다는… 황보세가를 양주묵가의 은인으로 여긴다는 말이 옳겠지요. 그것이 마땅합니다. 황보세가가 아니었으면 양주묵가의 대는 끊어졌을지도 모르니까요. 저것을 보십시오. 황보세가가 혁련세가로부터 어떤 일을 겪었는지 알 수 있지 않나요?"

묵정곤이 눈으로 가리킨 곳.

완전히 무너진 혁련세가에 오직 삼층짜리 전각 하나만이 서 있었다.

"아……."

예소정의 입에서 굳이 설명을 들을 필요도 없이 탄식이 흘러나왔다.

그녀의 눈에 비친 혁련세가는 폐허나 다름없었다.

그동안 황보세가가 어떤 상태였는지를 확실히 알려주는 광경이었다.

"인정하지 않을 수 없네요. 형양예가 역시 황보세가가 은인임을 인정합니다."

예소정의 다짐에 이어 다른 용봉들도 이구동성으로 포권을 취했다.

"저 또한……."

"저 또한……."

참으로 기묘한 모습이 아닐 수 없었다.

초로가 빠졌다고 하지만 삼살은 고수들이었다.

무너진 혁련세가 앞에서 황보세가를 은인으로 여기겠다는 행동은 사마화인이 보기에 그저 공염불에 지나지 않았다.

사마화인은 손바닥으로 얼굴을 문지르며 찌푸려지는 인상을 감췄다.

용봉들의 순진함과 용악이 자리를 떠나기 전에 한 말이 자꾸만 생각난 까닭이다.

"지금이 아니면 언제라도 좋다. 황보세가로 와라."

덕분에 사마화인이 속 좁은 사람으로 전락하고 말았지만 아무리 생각해도 너무나 멋진 말이었다.

"단으로 돌아가면 나도… 써먹어야겠다."

지금껏 한 번도 느껴보지 못한 묘한 감정이었다.

앞으로 십이대세가의 으뜸은 황보세가가 차지하게 될 것이다.

용악이 그렇게 만들었다는 사실이 마음에 들지는 않았으나 인정할 수밖에 없었다.

"내가 볼 때는 말이오, 말로만 그러지들 말고 직접 행동으로 보이는 게 낫지 않을까 싶군요."

사마화인은 기어코 말을 하고 말았다.

"말로만? 우리가 지금 허언을 입에 담고 있다는 말씀입니까, 사마 소협?"

용봉들이 일제히 적의를 담은 눈길을 보내왔다.

"그렇다는 게 아니라, 당신들이 은인으로 인정하는 황보세가가 지금 위험에 처해 있소. 뭐, 용악이란 자가 갔으니 시작되지만 않았다면 무사하겠지요. 아무튼 제가 하고자 하는 말은, 삼살로부터 황보세가를 구해주진 못할지라도 다른 방법으로 도움을 주면 어떻겠느냐는 말이오. 이를테면 황보세가의 재건을 돕는다거나. 소문이 나면 너도나도 태산으로 몰려갈 텐데, 그들이 묵을 방이라도 있다면 황보세가의 이름이 더욱 빛나지 않겠소? 뭐, 그냥 그렇다는 거요. 그럼 저는 두 부자를 데리고 사라져야 해서, 이만."

말을 마친 사마화인은 혁련천과 혁련휘지를 두고 뒤도 안 돌아보고 자리를 떠났다.

"사마 소협, 잠깐……."

묵정곤은 깜짝 놀라 사마화인을 부르려 했다.

그때였다.

혁련천과 혁련휘지 주위로 아홉 명의 인영이 모습을 드러냈다. 그리고는 아무 말도 없이 엄청난 신법을 펼치며 두 부자를 데리고 용봉들의 시야에서 사라졌다.

"묵 공자님, 그분의 신분이 뭐기에 저런 고수들을 부리는 거죠?"

"저도 모르겠습니다."

용봉들은 용악에 이어 두 번째로 귀신에 홀린 표정이 됐다.

"실질적인 도움이라… 후후후, 사마 소협의 말을 듣고 보니 정말 그런 것 같군요."

"묵 공자님, 태산으로 가시려고요? 삼살을 당해낼 수 있나요? 용 소협이 못했다면… 누구도 못할 거라 생각해요. 차라리 다른 방안을 강구하는 편이 낫지 않을까요?"

"……."

묵정곤은 순간적으로 할 말을 잃었다.

예소정의 말이 정곡을 찔렀기 때문이다.

"우리도 돕겠소."

뒤쪽의 용봉들이 결연한 의지를 보였다.

*   *   *

하늘은 유난히 높았고 습도는 낮아 땀 흘리기 좋은 날이었
다.

촌장은 찌뿌드드한 허리를 매만지며 마을 사람들을 데리
고 논과 밭으로 향했다. 마을에서 삼십여 장 떨어진 숲에서
낭인 둘이 애길 나누며 주위를 경계하고 있었다.

"흘흘, 고생이 많네그려."

촌장은 둘을 향해 손을 흔들어주었다.

"논에 나가십니까?"

"그러지! 군식구들 먹여 살려야 하니까! 니들도 빨리 거들
어!"

촌장은 낭인들에게 소리 지르며 잡으러 갈 것처럼 소매를
말아 올렸다.

그러자 낭인들은 손을 내저으며 도망치는 시늉을 했다.

그때였다.

삐이—!

어디선가 날카로운 풀피리 소리가 들려왔다.

웃고 있던 낭인들과 촌장은 재빨리 마을 쪽을 돌아봤다.

전각 위로 높게 솟은 깃발이 흔들리고 있었다.

"촌장님, 사람들 데리고 마을로 돌아가세요."

달려온 낭인이 서둘러 말했다.

"왜? 무슨 일인데?"

"알아봐야죠. 어서 돌아가세요."

낭인은 촌장과 마을 사람들이 마을로 돌아가는 것을 보며 다시 한 번 깃발을 확인했다.

백색 깃발.

낭인들 중 누군가가 죽었다는 표시이다.

낭인은 심하게 다쳤다.

왼쪽 어깨를 움켜쥐고 오른쪽 다리를 끌며 무작정 달렸다.

"사, 살려……."

동료를 만나야 했다.

그들에 대해 알리기 위해서였다.

"그쪽이었나? 그것도 모르고 한참을 헤맸군."

낭인의 뒤로 세 명이 모습을 드러냈다.

얼굴에 흉터가 가득한 중년인과 길게 찢어진 두 눈에서 연신 흉광을 발하고 있는 키 작은 노인, 그리고 머리카락은 반백(半白)인데 얼굴 어디에도 수염은 찾아볼 수 없는 중성적인 모습의 노인.

셋 중 키 작은 노인이 긴 손톱을 들어 올리며 낭인을 향해 내리그었다. 일말의 망설임도 없는 움직임이었다.

“흐흐, 역시 둘째 형의 오독조는 무섭소.”

“당연하지. 내 오독조를 금사편 따위와 비교하지 마라. 크크크.”

“비교할 게 뭐 있소. 그래 봐야…….”

금사편이라 불린 중년인이 오독조를 보며 음흉한 미소를 지었다.

“그래 봐야? 꼴랑 긴 것 빼면 쓸모도 없는 채찍 하나 갖고.”

“뭐요?”

“큭. 뭐요? 금사편, 많이 컸다?”

“난 원래 둘째 형보다 컸소.”

“캇!”

오독조가 손가락을 펴며 금사편을 향해 돌아섰다. 금사편 역시 팔에 감긴 채찍을 바닥으로 늘어뜨렸다.

“그만들 해! 이래서 내가 네놈들하고 움직이기 싫다고 한 거야. 앞으로 죽일 것들은 널렸는데 뭐가 문제냐?”

카랑카랑한 목소리에 중성적인 느낌이 강하게 묻어났다. 노인은 수염이 없었다. 중검 모해란 별호와 어울리지 않게 가벼워 보였으나, 그가 바로 사살 중 가장 강하다는 평가를 받는 고수였다.

모해가 끼어들자 오독조와 금사편은 찔끔하더니 싸움을 멈췄다. 모해의 변덕이 언제 살수로 돌변할지 모르기 때문이었다.

금사편이 채찍을 다시 팔에 감으며 먼저 시선을 피했다. 그리고는 낭인의 시체를 지나치며 앞으로 걸어갔다.

그때였다.

"멈춰!"

모해가 날카롭게 말했다.

빠르게 주위를 살피던 눈이 한곳에 멈췄다.

다른 곳과 달리 풀 색깔이 바랜 곳이었다.

인공적으로 덮은 흔적인 것이다.

"진이다."

"진이라고요? 개미 새끼 하나 안 보이는 곳에……."

"기관진식이다."

"기, 기관진식?"

오독조는 기관진식이란 말에 어리둥절한 표정을 지었다.

"오홍! 이것 봐라?"

모해는 혀로 입술을 핥으며 웃었다.

앞쪽을 살펴보았다.

주위는 적막했고, 세 사람의 숨소리 외에는 아무 소리도 들리지 않았다.

"크크. 그깟 기관진식이 대수요?"

금사편이 대뜸 앞쪽으로 한 발을 떼어놓았다.

아무런 반응도 없었다.

그러자 오독조가 모해를 슬쩍 눈으로 흘기고는 금사편의

뒤를 바짝 쫓았다.

그때였다.

쐐액—!

날카로운 파공음과 함께 오독조, 금사편의 앞쪽 땅이 확 일
어서더니 그대로 덮쳤다.

피할 새도 없이 땅은 두 사람을 집어삼켰다.

파앙—!

"이따위 수작을!"

"큭. 제법 손님 반길 줄 아는구나."

오독조와 금사편이 흉포한 안광을 폭사하며 옷을 털어냈
다.

금사편은 공력을 실어 소리친 후 목창과 암기들을 쳐내며
유유히 올라갔다.

길이가 무려 오 장여에 달하는 금사편의 효용으로 암기들
은 다가오지 못했고 기관은 작동하기 전에 부서지기 일쑤였
다.

그렇게 셋이 한참을 쉽게 전진할 때였다.

"……!"

모해의 눈이 빛을 뿜었다.

쐐액!

갑자기 사방에서 수백 개는 될 것 같은 암기가 일제히 쏟아
졌다.

"마지막 발악인가?"

중성적인 목소리와 달리 모해의 주위로 소용돌이가 이는 것 같더니 사방이 움푹 들어가는 착각이 일었다.

콰콰콰!

중검 한 번 휘두른 것으로 죽방오절진까지 날려 버리는 모해였다. 이제 마을 입구까지는 불과 오십여 장도 남지 않게 됐다.

세 사람은 음흉한 웃음을 흘리며 발걸음을 재촉하려 했다.

웅웅웅!

벌 떼가 몰려드는 기이한 음향이 들렸으나 무시했고, 세 사람을 향해 불어 닥치는 바람도 무시했다. 기관매복이었다면 눈치 못 챘을 리 없기 때문이다.

그러나 세 사람은 멈춰야 했다.

"거긴 왜 가려고 그러는가?"

삼살의 뒤쪽에서 누군가 불렀다.

"……!"

삼살의 신형이 동시에 멈췄다.

셋 중 가장 실력이 좋은 모해의 심장이 쿵쾅거렸다.

어마어마한 고수의 출현을 본능적으로 직감한 탓이다. 하나 돌아선 모해는 눈을 동그랗게 뜨고 말았다. 고수는커녕 웬 촌로로 보이는 노인 한 명이 바위에 앉아 세 사람을 보고 있었다.

“웬 늙은……!”

노인이란 것을 확인한 오독조가 짜증 섞인 목소리로 손가락을 펴다 갑자기 뒤로 훌쩍 물러섰다.

노인의 편안한 눈빛과 마주치는 순간 일어난 일이었다.

‘위험해, 위험해.’

모해는 노인을 보는 순간 전신에 소름이 돋았다.

평생을 두려움 따위는 가져본 적 없는 그였으나, 노인에게만큼은 예외였다.

“누, 누구… 시, 십니까…….”

모해는 자신이 말을 더듬고 있다는 사실도 까맣게 잊으며 물었다.

“저곳이 황보세가인가?”

노인은 대답 대신 황보세가를 돌아보며 물었다.

“그, 그렇습니다.”

“잘 찾아왔군. 좋은 곳이구나.”

노인이 웃으며 고개를 끄덕였다.

텅 빈 공간에 건물 몇 채 남아 있는 곳이 좋다?

세 사람은 이해할 수 없었으나 자신들의 생각을 입 밖으로 표출하진 못했다.

‘마, 말 한마디 잘못하면 죽는다.’

“가세.”

“예?”

"자네들도 저곳으로 가려던 것 아니었나? 가세나."

노인은 몇 발자국 걷다 말고 뒤를 돌아봤다.

삼살이 제자리에 멈춰 선 채 움직이지 않았다.

노인은 고개를 갸웃거렸다.

왜 그러느냐는 표정이었다.

"허허허, 뭐 하나?"

노인의 신형이 돌아선 것뿐인데 삼살은 광풍이라도 맞은 사람들처럼 상체를 한껏 뒤로 젖혀야 했다.

"이, 이건……!"

삼살은 노인이 펼친 신기에 입을 떡 벌렸다.

기파를 날려 물러서게 할 수는 있었으나 노인은 아무런 준비 동작 없이 세 사람을 물러서게 만들었다. 그것도 힘 하나 안 들이고.

"가면서 내 얘기 한번 들어보겠나? 내 딸이 황보세가로 시집갔다는 걸 얼마 전에 들었다네."

쿵!

노인의 말에 삼살의 얼굴이 완전히 일그러졌다.

"아마 손주들도 낳았을 게야."

'컥!'

삼살은 울상이 되어 서로를 쳐다봤다.

자신들이 어떤 짓을 했는지 깨달은 것이다.

"평생 혼자 지내다 얼마 전에야 손주들 소식을 들었다네.

얼마나 좋았는지 자네들은 모를 거야. 허허허. 한데 시끄러우면 안 되잖은가? 무슨 일인지 몰라도 조용히, 조용히 가세. 손주 중에 딸이 있다면 진 매를 닮아 무척 아름다울 텐데. 허허허. 진 매는 한때 강북제일미라 불렸지. 벌써 육십 년도 더 된 일이야. 한데도 마치 어제 일 같구먼. 나 없이 딸을 낳고 그 딸이 다시 손주들을 낳았다라……. 허허, 생각만 해도 좋으이. 허허허."

노인은 마냥 사람 좋은 웃음만 흘려댔다.

모해는 귀를 쫑긋 세워 노인의 말을 놓치지 않고 들었다. 하나 강북제일미를 아내로 두었다는 말 외에는 노인의 정체를 알 수 있는 단서는 없었다.

지금까지 강북제일미로 불렸던 여인들을 모해가 어찌 알겠는가?

결국 지나치게 평범하게 생긴 노인의 말에 주의를 기울여야 했다.

"태산으로 가야겠다고 마음먹은 순간 오로지 신법만으로 세 개 성(省)을 건너니 힘들구먼."

노인은 가볍게 등산이라도 한 것처럼 말했으나, 뒤에서 노인의 말을 듣고 있던 삼살은 입을 쩍 벌린 채 숨을 죽여야 했다.

"이곳이었더냐……."

그리움이 잔뜩 묻은 목소리는 허공을 날아 황보세가 위로 내려서고 있었지만, 노인은 하늘을 바라보며 발걸음을 아꼈다.

이제 몇 걸음만 걸어가면 혈육을 만날 수 있었다.

노인이 딸의 소식을 접하게 된 것은 아주 우연이었다. 얼마 전, 노인은 늘 그렇듯이 노인을 알아보는 자들에게 도전을 받았다.

그곳이 바로 육십 년 전 강북제일미 진이연을 만나 한동안 머물렀던 곳이다. 추억할 것이 남아 있는 곳을 더럽히기 싫어 노인은 그들을 일수에 쓸어버리고 말았다.

다시 돌아왔을 때 의원 한 명을 만나게 됐다.

어떻게 노인을 알아봤는지는 몰라도 의원은 노인에게 대뜸 진이연이란 이름을 알고 있느냐고 물었다. 노인은 진이연을 알고 있는 의원에게 순순히 고개를 끄덕여 주었다.

그러자 의원은 반색을 하며 진이연의 딸에 대해 물었다. 순간, 노인은 충격에 한동안 멍해졌으나 그 표정을 오해한 의원이 진이연에 대한 얘기를 꺼내기 시작했다.

그녀가 딸을 낳고 몇 년 뒤 세상을 떠났다고.

그녀의 딸은 예쁜 외모 덕분에 어느 부자의 양녀로 들어갔고, 강호의 유명 세가에 시집갔다고.

노인은 일평생 처음으로 현기증을 느끼며 주저앉았다. 진이연의 죽음에 이은 딸의 소식에 정신을 차릴 수가 없었던 것이다.

그 뒤로 소식을 들을 수 없어 묻는다고 했다.

노인은 어디냐고, 딸이 시집 간 곳이 어디냐고 소리쳤다.
그렇게 해서 혈육의 소식을 접하게 됐다.

"어찌 컸을꼬?"

외손자를 볼 수 있다는 생각에 노인의 입가에는 웃음이 마
르지 않았다.

그것은 삼살로선 무척 다행스러운 일이었다.

외손자들이 있는 곳에서 피를 보지 않으려는 할아버지의
마음 덕분에 살게 됐기 때문이다.

노인은 강호를 받치고 있는 다섯 개의 산악처럼 이름 높은,
오악무제 중 풍뢰신장(風雷神將)이라 불리는 장제(掌帝) 헌원
경이었다.

오악무제의 일인이 됐을 때보다 지금 이 순간 헌원경은 가
슴이 벅차오르고 있었다.

마을 입구에는 비장한 얼굴의 철랑대원들과 마을 청년들
이 나와 있었다. 십방철익진과 죽방오절진으로도 막지 못한
고수들을 상대하기 위해서였다.

멀리 네 명의 인영이 모습을 드러냈다.

노인 셋과 중년인 한 명.

거리는 점점 좁혀졌다.

맨 앞에 선 노인이 대건 등을 보며 신기한 표정을 지었다.

마치 왜들 이렇게 나와 있는지 묻기라도 할 것 같은 표정이었다.

"우릴 죽이지 않고서는 뒤로 갈 수 없다."

대건이 대뜸 비장한 어조로 말했다.

헌원경은 고개를 갸우뚱하고는 뒤를 돌아봤다.

삼살의 안색이 밀랍처럼 창백해졌다.

"자네들, 이 젊은이를 죽이려고 했나?"

"아, 아닙니다. 그저 지나가다……."

금사편이 머리와 손을 동시에 저으며 부정했다.

"그랬어야지. 허허허."

"그런 자들이 황보세가의 영역에서 살인을 저질렀느냐!"

대건이 눈에 불을 켜며 삼살을 노려봤다.

동료를 죽이는 삼살의 모습을 똑똑히 기억하는 철랑대원이 함께 있었다.

"허허."

헌원경이 실망스러운 표정으로 돌아섰다.

그러자 삼살의 얼굴이 참담할 정도로 일그러졌다.

'저자들이 겁을 먹어?'

대건의 뚝심 가득한 얼굴에 의아함이 떠올랐다.

넷 중 가장 평범해 보이는 노인이 앞으로 나와 있는 것도 이상했고, 그런 노인을 뒤에 선 세 사람이 두려워하는 것도 이상했다.

“흠. 자네 말만 듣고 처리하긴 뭣하고, 일단 가주를 만나보세. 가주도 이들이 잘못했다고 하면 그땐 내가 알아서 처리하겠네. 약속하지.”

꿀꺽.

헌원경의 말이 떨어지기가 무섭게 삼살의 목젖에서 울럭거리는 소리가 들렸다.

대건의 머릿속에 많은 생각이 떠다녔다.

하지만 결론은 이미 나와 있었다.

헌원경은 결코 악해 보이지 않았다.

“알겠습니다. 가주님께 알리겠습니다.”

대건의 설명은 두서가 없었다.

볼이 쏙 들어갈 정도로 야윈 황보성은 지친 몸을 이끌고 직접 마을 입구로 향했다.

그러나 막상 마을 입구에 도착하자 악인들은 보이지 않고 지극히 평범해 보이는 노인과 우물쭈물하는 세 사람이 보였다.

“황보세가의 가주 황보성입니다. 어인 일로 황보… 쿨럭쿨럭… 세가를 찾으셨는지요.”

황보성이 헌원경에게 포권을 취하다 급히 기침을 한 후 말을 이었다.

병이라도 걸린 것일까?

헌원경은 자신도 모르게 손을 뻗었다가 가까스로 내릴 수 있었다.

수척한 손자의 모습에 마음이 아렸다.

헌앙한 모습은 아니라도 황보성이 건강했다면 이렇게 마음이 아프지는 않았을 것이다.

"헌원경이라 하네."

최대한 화를 누르며 대답했다.

"헌원……?"

황보성은 놀란 눈이 되어 헌원경을 쳐다봤다.

헌원이란 성이 흔치 않은 복성이란 것도 황보성을 놀라게 했지만 그보다는 어머니인 헌원혜 때문이었다.

"흔치 않은 성이지."

"제가 결례를……. 어르신께서 어머님과 같은 성을 사용하시기에 놀랐습니다."

"그렇군."

"예. 헌원 자, 혜 자. 무척 아름다운 분이셨지요."

"셨지요? 그 말은 그럼……."

헌원경은 차마 예상하는 말을 끝까지 하지 못했다.

"어머니께선 제 여동생을 낳으시면서 세상을 떠나셨습니다."

"어허!"

헌원경은 이마를 짚으며 잠시 비틀거렸다.

“어르신!”

“괜찮네. 허… 허허…….”

헌원경은 부축하는 황보성의 손을 잡고서 허탈한 웃음을 한동안 흘렸다. 그리고는 하늘을 올려다봤다.

‘이래서… 어린것들을 두고 차마 떠나지 못해서… 이 아비를 보낸 게냐? 할아비 노릇 하라고?

헌원경의 눈시울이 붉어졌다.

세가라는 곳이 제대로 된 건물 하나 없이 휑뎅그렁했고, 손자라는 녀석은 병이 깊어 제대로 서 있기조차 힘들어 보였다.

“다른 형제들은 없나?”

“예? 위로 형님 두 분이 계셨으나 지금은 저와 여동생뿐입니다.”

“이런 곳을…….”

헌원경은 딱한 눈으로 황보성을 바라보고는 뒤로 돌아섰다. 손자의 말을 듣고 난 헌원경의 표정은 딱딱해져 있었다.

삼살은 속으로 죽었다고 복창하며 동시에 눈을 질끈 감았다.

“이 딱한 아이에게 무슨 볼일이 있어 찾아왔는가.”

헌원경의 말투가 달라졌다.

모해는 무슨 대답을 해도 마찬가지인 결과가 나온다는 것을 알 수 있었다.

헌원경의 손자가 있는 곳을 무단으로 침입하고 살인까지

저질렀다. 눈앞의 황보성이 모해의 손자였다면 어떻게 했을까?

용서할 리 없었다. 더구나 헌원경은 모해 등이 전력을 다한다고 해도 손짓 한 번으로 날려 버릴 엄청난 고수였다.

"내가 조금만 늦었어도 무공도 모르는 아이를 잃게 될 뻔했어."

헌원경은 삼살을 돌아보는 눈에 분노를 심었다.

손자가 보는 앞에서 손에 피를 묻히기 싫어 억지로 참고 있는 것이다.

그러나 헌원경의 눈빛을 받은 삼살의 생각은 오직 죽음뿐이었다.

"차라리……."

금사편이 이를 악물며 헌원경을 노려봤다. 아니, 노려보려 했다. 금사편의 신형이 그대로 날아가 마을 입구로부터 십여 장 넘게 날아가기 전까지는.

퍽!

뒤늦게 타격음이 터졌다.

모해는 어찌 된 상황인지 감을 잡을 수 있었다.

헌원경의 공격을 소리조차 감당할 수 없었던 것이다.

'어, 엄청난 고수!'

영문도 모르고 날아가 버린 금사편이 바닥에 떨어지자 황보성은 입을 쩍 벌린 채 헌원경에게서 눈을 떼지 못했다.

파팡!

북이 찢기는 것 같은 묵직한 음향이 연속으로 이어졌다.

모해와 오독조가 발작적으로 도망치기 위해 신형을 날렸다가 헌원경의 장력에 의해 금사편보다 못한 상태로 땅에 처박히는 소리였다.

십방철익진과 죽방오절진을 파괴했다는 고수들.

그런 자들을 헌원경은 어떻게 제압했는지도 모르게 날려 버렸다.

황보성은 절로 고개를 숙일 수밖에 없었다.

"어르신, 누추하지만 안으로 드시지요. 이 은혜를 어찌 갚아야 할지 모르겠습니다. 비록 솜씨는 없지만 정성을 다해 차를 대접하고 싶습니다."

황보성은 말을 건네면서도 헌원경이 받아들일 것을 알 수 있었다. 느낌이 그랬다. 헌원경을 처음 봤을 때부터 삼살을 날려 버린 지금까지 두려움은 생기지 않았다.

"허허허, 안 그래도 목이 마르던 터였네."

헌원경은 미소와 함께 고개를 끄덕였다.

第九章
풍뢰신장

천살마제

객점이나 주루는 말을 바꿀 때만 들렀다.

잠 한숨 못 자고 용악과 구징효가 번갈아가며 마차를 몰았음에도 아직도 태산에 도착하지 못했다.

"용악, 태산이 보인다!"

구징효가 마부석에서 외쳤다.

황보소소는 잠도 거의 못 자고 음식도 입에 대지 않아 심신이 크게 지친 상태였다.

용악은 더 이상 두고 볼 수 없어 창문을 열었다.

"구노, 먼저 갈게요."

용악의 신형이 마차에서 빠져나오자마자 허공을 유영하며

태산 쪽으로 빠르게 날아갔다.

"으어!"

구징효는 용악의 무지막지한 신법에 혀를 내둘렀다.

마차 지붕을 밟고 한 번에 도약한 거리가 무려 이십 장은 될 것 같았다. 비탈길이었다고는 해도 구징효에겐 무지막지한 거리가 아닐 수 없었다.

"큽. 저건데……."

신법이라고는 익힌 적 없는 구징효에게 용악의 도약은 아름답게 보이기까지 했다.

굽이진 길을 따라가는 마차보다는 일직선으로 쭉쭉 뻗어 가는 편이 훨씬 빠른 길이었다.

"제길!"

구징효는 애꿎은 말들을 재촉했다.

용악은 마을 입구로 올라가는 도중 부서진 진들의 잔해를 봤다.

십방철익진과 죽방오절진을 이렇게 만들 정도의 고수들이라면 황보세가가 무사할 리 없었다. 다급한 마음에 다시 힘껏 도약했다. 아니, 막 땅에서 발을 뗄 때였다.

거대한 기운이 용악을 짓누르며 내려왔다.

'읏!'

그 힘이 얼마나 대단한지 용악은 제대로 방어할 새도 없이 땅으로 떨어져야 했다.

쿵!

“…….”

용악은 멍한 눈으로 하늘을 올려다봤다.

전신이 욱신거렸다.

아무리 급한 상황이라고 해도 이상한 기미를 조금이라도 느꼈다면 이렇게 맥없이 당할 리가 없다.

“잘도 여기까지 쫓아왔구나.”

나이를 가늠하기 힘든 노인의 목소리였다.

용악이 노인을 쫓아왔다고 여기는 모양이다.

공격은 이어지지 않았다.

“초로 정도로만 생각하다 제대로 한 방 먹었군.”

용악은 몸을 일으키며 고개를 흔들었다.

사살 중 셋이 초로 정도의 무공일 거란 생각에 크게 긴장하지 않은 탓이다.

목소리의 주인을 찾았다.

용악이 올라가려던 곳에 한 노인이 용악을 내려다보며 서 있었다.

평범한 인상의 촌부였다.

“이번엔 몇이나 왔느냐?”

노인이 용악을 향해 대뜸 물었다.

‘몇이나 왔느냐고? 그건 내가 물어야 하는 말 아닌가?’

"이전에 경고를 했음에도 다시 내 앞에 나타났다는 것은⋯ 죽고 싶다는 뜻이겠지? 되도록 손을 쓰지 않으려 했건만."

노인이 다시 기세를 일으키며 손을 들었다 내려놓았다. 순간, 용악은 뭐라 대꾸도 못하고 신형을 날려야 했다.

쿵!

용악 주위로 오 장 정도의 땅이 움푹 들어갔다.

그 모습은 마치 거대한 손이 땅을 누른 것 같은 자국이었다.

"음?"

노인은 자신의 손바닥을 용악이 피한 것이 의외였는지 아미를 찌푸렸다.

고오오—!

노인은 그저 양손을 들어 올린 것뿐인데 진이 설치됐던 주위가 떨리기 시작했다.

화, 빙, 풍 중 둘을 상대했던 용악이었으나 노인은 이미 그들의 범주를 뛰어넘은 지 오래였다.

단지 기세를 드러낸 것만으로 용악의 기혈이 흔들리고 있었다.

우르르— 콰콰쾅!

뇌성벽력이라도 다루는 건가?

용악은 노인의 양손에서 벼락 치는 소리가 들리자 거의 반사적으로 몸을 피했다.

푸콰콰콰!

방금 전까지 용악이 서 있던 땅이 한순간에 폐허로 변하며 거대한 구덩이가 파였다.

가공할 위력이었다.

용악의 손이 바닥에 닿아 있었다.

일흡 기벽을 일으키려는 것이다.

노인 헌원경은 용악의 행동을 지켜보다 뭔가 이상함을 느꼈다.

상황이 불리하면 일행을 더 데려오거나 자리를 피해야 하는 것이 정상인데, 용악은 두 눈을 똑바로 뜬 채 헌원경을 노려보고 있었다.

왜?

당연한 의문이었다.

헌원경은 손을 거두었다.

"아이야, 너는… 웃!"

무언가 겉으로는 드러나지 않은 채 빠르게 헌원경을 향해 접근하고 있었다.

'땅속!'

진기로 땅을 가르거나 터뜨리는 걸 보기는 했지만 지금처럼 진기만을 보내는 경우는 처음이었다.

헌원경의 신형이 허공으로 반 치가량 떠올랐다.

그때였다.

푸학!

헌원경이 서 있던 자리에 사자 발톱과 같이 생긴 흙기둥이 무서운 속도로 일어났다. 하나 흙기둥은 헌원경의 손짓에 일어나는 것보다 더 빨리 흩어졌다.

콰콰콰!

헌원경은 날리는 먼지를 날려 버리며 용악을 찾으려 했다.

쐐엑!

흙기둥의 잔해가 장력에 의해 흩어지는 순간, 그 사이를 뚫고 용악의 손이 헌원경의 심장을 노리고 달려들었다.

"허!"

헌원경의 입에서 탄성이 터졌다.

최근 십 년 동안 헌원경은 자신과 일대일로 싸우겠다는 자들을 만나보지 못했다. 대개가 암습이거나 떼로 몰려드는 미련한 자들이 대부분이었기 때문이다.

그러나 숫자와 상관없이 헌원경은 그들을 일 장 이내까지 들인 적이 없었다. 그것을 용악이, 겨우 황보성 또래로 보이는 녀석이 깬 것이다. 그것도 혼자서.

쾅!

용악의 손이 막 헌원경의 몸에 닿으려 할 때였다.

헌원경의 몸에서 무형의 막이 저절로 일어나며 용악의 손과 충돌을 일으켰다.

풍뢰신장과 함께 장제란 이름을 드높여 준 풍뢰무장강이
일어난 것이다.

용악의 판단은 보기 좋게 실패로 돌아갔다.
장력을 사용해 뿌리칠 것이라 예상한 공격이었다.
헌원경의 호신강기가 이처럼 무지막지한 반탄력까지 지녔
을 줄은 전혀 예상하지 못했다.
첫 번째야 부지불식간에 당한 공격이라고 여길 수 있었
다. 하나 이번엔 현격한 내공의 차이를 절감할 수밖에 없었
다.
어깨를 주무르며 일어났다.
그 모습에 헌원경은 이채를 발했다.
헌원경의 시선은 용악의 손에 닿아 있었다.
멀쩡한 손.
풍뢰무장강과 부딪쳐 놓고 상처 하나 없었다.
"허!"
"후우……."
용악은 뻐근한 어깨를 매만지며 숨을 내뱉었다. 그리고는
헌원경을 똑바로 쳐다봤다.
"한 가지만 물읍시다."
"허허, 허허허……."
용악의 당돌한 말투에 헌원경은 어이없는 웃음을 터뜨렸다.

“황보세가는 어떻게 됐소?”

‘음?’

처음으로 헌원경의 얼굴에 표정이란 것이 드러났다.

용악의 입에서 나온 말은 엉뚱하게도 헌원경에 관한 것이 아니라 황보세가에 관한 것이었다.

“가주와 마을 사람들… 그들까지 건드렸소?”

용악의 목소리에 두려움은 없었다.

그 또한 헌원경이 보기엔 이상했다.

“어째서 그걸 묻는 게지? 황보세가라도 찾아온 거라 말하고 싶은 건가?”

헌원경의 목소리가 한풀 꺾였다.

“당신이 없애지 않았다면… 그럴 것이오.”

“허허, 황보세가를 찾아왔다고? 황보세가의 누구를 찾아왔느냐?”

“당신 빼고 전부.”

“……!”

헌원경은 용악을 뚫어져라 응시했다.

조금의 거짓이라도 보인다면 가차없이 손을 쓸 기세였으나 용악의 눈은 진심이라고 말하고 있었다.

“황보세가와 어떤 관계인가?”

“질문은 내가 먼저 했소.”

“허허, 노부가 이곳에 있는 한 누가 있어 황보세가를 건드

릴까. 이번엔 자네가 대답할 차례네. 황보세가와 어떤 관계인
가?"

"식객이오."

"식객?"

"안 좋은 소식을 듣고 달려오는 길이었소."

용악은 맥이 탁 풀어졌다.

더 이상 싸울 이유가 사라진 탓이다.

"소소와 함께 갔다는?"

헌원경이 확인하듯 다시 말을 건넸다.

용악은 이번엔 대꾸도 하지 않고 고개만 끄덕였다.

"허허허, 하마터면 식구에게 제대로 손을 쓸 뻔했군. 진즉
말하지 그랬나."

봐줬다는 말이다.

"억울하면 나중에 몇 대 더 맞아주겠소."

용악도 지지 않고 한마디 건네고는 발걸음을 옮겼다.

"그랬다가 죽기라도 하면 성이에게 무슨 원망을 들으라고.
허허허."

"시험해 봐서 잘 알 거 아닙니까? 그 정도로는 끄떡도 하지
않는다는 걸."

"……."

헌원경은 한마디도 지지 않으려는 밉살스런 용악을 향해
눈을 가늘게 떴다. 못마땅하다는 뜻을 일부러 드러낸 것이다.

용악 또한 헌원경이 좋을 리 없었다.

두 번이나 나가떨어진 것도 부아가 치미는데 이젠 기분까지 맞춰달라는 것 아닌가?

용악은 그럴 생각이 전혀 없었다.

때마침 마차 소리가 들리지 않았으면 두 사람은 다시 한 번 싸웠을지도 몰랐다.

"용 소협!"

마차 안에서 황보소소가 용악을 힘껏 불렀다.

헌원경의 눈빛이 갑자기 풀어지며 감격에 겨운 표정으로 돌아섰다.

"네가 소소구나……."

가까이 서 있던 용악만이 들을 수 있을 정도의 목소리였다.

'소소? 이 노인, 대체 누구지?'

용악은 황보소소를 향해 손을 흔들어주며 다가갔다.

"누구세요?"

황보소소는 마차에서 내리며 헌원경을 눈짓으로 가리키며 물었다.

"나도 모르는 사람이에요. 황보 소저도 몰라요?"

"처음 보는 분이세요."

"킁. 용악, 저 늙……."

구징효가 헌원경을 턱짓으로 가리키며 마부석에서 내려오려 했다.

“구노, 나는 이리로 올라갈 테니 황보 소저와 함께 마을 입
구로 와요.”

용악이 최대한 빨리 구징효의 말을 자르며 황보소소를 마
차 안으로 다시 넣었다.

“엥? 야, 용악⋯⋯.”

“구노, 위에서 봐요.”

“어⋯⋯.”

“가요, 어서.”

“쿵. 알았다.”

구징효는 용악의 서두르는 행동이 의아했으나 이유없이는
행동하지 않는다는 것을 알기에 헌원경에 대한 관심을 접고
마차를 몰았다.

용악은 구징효가 떠나는 것을 보자 자신도 모르게 낮게 한
숨을 내쉬었다.

헌원경의 정체가 명확하지 않은 이상 황보소소를 위험한
상황에 놓이게 하고 싶지 않은 까닭이다.

마을 입구는 진들이 파괴된 아래쪽과 달리 떠날 때의 모습
그대로였고, 마을 사람들 역시 평화롭게 분주히 움직이고 있
었다.

“어이쿠, 아가씨!”

누군가 황보소소를 발견하고 고함을 지르며 달려왔다. 논

으로 일을 나가던 촌장이다.

그제야 용악은 황보세가로 돌아왔음을, 이곳에 아무 일도 없었음을 알고서 긴장을 풀 수 있었다.

촌장의 무사한 얼굴을 보자 황보소소는 격정을 이기지 못하고 눈물까지 흘렸다.

"아, 아가씨, 괜찮으세요?"

촌장은 자신을 보자마자 황보소소가 울자 당황해서 어쩔 줄을 몰랐다.

"아니에요. 세가에 아무 일 없어서… 촌장님을 뵙게 돼서… 너무 다행이에요."

"이 무슨… 저야 당연히 무사하지요. 가주님도… 아가씨, 혹시 소식을 못 듣고 오신 겁니까?"

"소식이라니요?"

"일단 안으로 드시지요."

촌장의 얼굴이 웃음이 걸렸다.

황보소소는 어리둥절한 표정으로 촌장을 따라갔다. 촌장은 뭐가 그리 즐거운지 연신 손짓하며 앞장을 섰다.

촌장이 왜 저렇게 신이 났는지 용악은 알고 있었다.

삼살들을 처리한 헌원경 때문일 것이다.

황보소소 바로 뒤에서 따라가던 용악이 낮게 숨을 내쉬었다.

촌장의 잔소리와 웃는 사람들의 모습을 보자 절로 웃음이 흘러나왔다.

"용 소협, 가요."

황보소소가 용악을 기다렸다가 소매를 잡아끌었다.

황보소소는 무의식적으로 취한 행동이었으나 용악으로선 난감한 상황이었다. 무엇보다 촌장이 보게 되면 또 무슨 경을 칠지 몰랐다.

"가야죠."

"정말 다행이에요. 그렇죠?"

황보소소의 목소리가 밝아졌다.

용악은 '구노는 아직 안 오나?' 라며 슬며시 몸을 돌려 황보소소의 손을 빼고는 웃으며 다시 앞으로 돌아섰다.

"모든 게 용 소협 덕분이에요."

"하하하, 그렇지 않아요."

"진심으로 감사드리고 있어요. 장원에서 있었던……."

황보소소는 줄곧 그 일을 마음에 담고 있었다. 사과를 해야 하는데 삼살이 황보세가를 공격했다는 혁련휘지의 말에 지금껏 꺼내지 못하고 있었던 것이다.

"서둘러 가죠. 촌장님이 노려보고 있어요. 한소리 듣기 전에 서둘러요."

용악이 황보소소의 말을 끊으며 촌장을 가리켰다. 그리고는 질색하는 표정을 지었다.

"호호호."

황보소소는 용악의 익살스런 모습에 웃을 수 있었다.

그러자 용악도 담담한 미소로 답해주며 촌장을 따라 올라 갔다.

"가주님!"

촌장이 갑자기 손을 흔들었다.

용악이 고개를 들자 멀리 집 앞에 황보성이 웬 노인과 함께 서 있었다. 헌원경이었다.

용악과 헌원경의 시선이 마주쳤다.

먼저 고개를 돌린 사람은 용악이었다.

올라가서 보자며 먼저 자리를 뜬 노인이 먼저 와 있는 것이 썩 마음에 들지 않았다.

그런 용악을 지켜보던 헌원경도 묘한 웃음을 지었다.

용악에 대한 얘기는 황보성으로부터 이미 많이 들었다.

나이는 이십대 중반인데 식객을 자청했을 뿐만 아니라 황보세가에 닥친 문제들을 자신의 일인 것처럼 해결해 주기까지 했다는 얘기들.

용악에 대해 말을 할 때 황보성의 표정에는 무한한 신뢰가 가득했다.

강호에선 사람을 함부로 믿으면 큰 낭패를 보기 십상이다. 하나 헌원경이 시험해 본 바에 의하면 용악의 실력은 훌륭한 정도를 넘어서 있었다. 그만큼 뛰어났다.

'제대로 시험을 거친 셈인가?

용악은 헌원경이 아무런 기운도 드러내지 않는 것을 느끼며 슬쩍 웃었다.

누군가에게 시험을 당했다는 것이 좋을 리 없었다.

"소소야, 인사드려라. 외할아버님이시다."

'외할아버님?'

용악이 깜짝 놀라 헌원경을 다시 돌아봤다.

황보성은 다가오는 황보소소의 손을 이끌어 헌원경에게 소개했다.

"외할아버님? 무슨 말이에요, 오빠?"

아래쪽에서 용악과 함께 있던 노인을 황보성이 외할아버님이라 말하자 황보소소는 뒤로 물러서며 눈을 크게 떴다.

"할미를 닮아 무척 예쁘구나. 허허허."

황보성이 말하기도 전에 헌원경은 황보소소에게 다가가 손을 잡았다. 마치 면사 안의 황보소소 얼굴이 보이기라도 하는 것처럼 헌원경은 감회 어린 눈이 됐다.

"제, 제 얼굴이 보이세요?"

황보소소는 헌원경의 말을 이해하지 못해 손으로 얼굴을 가리키며 의아한 표정으로 되물었다.

"당연하지. 먼 길 다녀오느라 많이 피곤한 모양이구나. 초췌해졌어."

황보소소는 당황한 얼굴로 황보성을 쳐다봤다.

황보성은 웃으며 고개를 끄덕였다.

황보성을 처음 봤을 때도 헌원경은 똑같은 말을 했다.

"소소야, 할아버지 덕분에 몸이 많이 좋아졌다."

그제야 황보소소는 황보성의 얼굴을 자세히 볼 수 있었다. 태산을 떠나기 전보다 여위긴 했지만 혈색이 좋아 보였다.

"낯설어서 그런 게지. 괜찮다. 허허허."

헌원경은 이미 황보소소의 몸을 기로써 살펴본 후였다. 무엇 때문인지 잔뜩 굳어져 있었지만 그것은 시간이 지나면 자연스럽게 해결될 수 있었다.

"죄송해요. 뭐가 뭔지… 갑작스러워서……."

"죄송하긴. 허허허. 할아비가 급히 오느라 손녀에게 줄 선물도 챙기지 못해 미안하거늘. 하나 마침 적당한 선물이 떠올랐다."

"……."

황보소소는 헌원경과 말을 섞으면 섞을수록 점점 더 부담스러웠다. 대답할 말도 떠오르지 않는데 헌원경은 계속해서 웃기만 하고.

황보소소가 아미를 찌푸리며 어찌할 바를 몰라 할 때였다.

"할아버지, 제가 소소와 먼저 얘기를 나누도록 하겠습니다. 많이 당황스러운 모양입니다."

황보성의 부탁에 헌원경은 흐뭇한 표정으로 고개를 끄덕여 주었다.

그런 모습 또한 황보소소에게 어색했다. 마치 오랫동안 함께 지낸 사람들처럼 자연스러웠기 때문이다.

황보성이 황보소소를 데리고 안으로 들어가자 헌원경의 시선이 용악에게로 향했다.

"식객이라고?"

"용악이라고 합니다."

용악은 썩 내키지는 않았지만 존칭을 썼다.

"허허허, 별일이군. 알았으니 그만 가서 일보게."

헌원경은 일부러 매몰차게 말했다.

용악은 속으로 부글부글 끓었으나 씁쓸한 웃음과 함께 포권을 취한 후 헛간으로 들어가려 했다.

"어딜 가는 게야?"

헌원경이 다시 불렀다.

"쉬러 갑니다."

"거긴 헛간이 아닌가?"

"맞습니다. 헛간이 쉴 곳이거든요."

"……?"

헌원경은 용악의 말을 이해하지 못했다.

쉴 곳이라면 당연히 숙소로 가야지 헛간을 왜 간단 말인가?

그때 촌장이 조심스럽게 다가왔다.

"귀인께선 너무 궁금해하지 마십시오. 헛간이 용 소협의 숙소입니다."

촌장은 헌원경이 삼살을 날려 버리는 것을 본 뒤였다.

극존칭보다 더한 것이 있다면 분명 그것을 썼을지도 모른다.

"헛간이 숙소라고?"

헌원경은 촌장의 말을 이해할 수 없어 어리둥절한 표정을 지었다.

"그게… 식객이라고는 해도 딱히 머물 곳이 없는지라… 아! 식객이 한 명 더 있습니다. 그자는 저쪽의 철랑대원들과 함께 머물지요."

촌장의 설명에 헌원경의 표정이 굳어졌다.

"철랑대원? 그들은 또 뭔가?"

"황보세가를 도와주고 있는 낭인들이 모인……."

"허! 낭인들? 그들이 낭인이었던가?"

헌원경은 기가 막힌다는 표정이 됐다.

며칠 동안 세가 주변을 경계하던 철랑대원의 정체를 처음 안 것이다.

"일전에 황보세가가 큰 위험에 빠졌을 때 구……."

촌장이 막 구징효에 대해 설명하려 할 때였다.

마을 입구에서 '와!' 하는 함성이 터지며 마차가 들어왔다.

"저 사람입니다. 저 사람이 철랑대를 훈련시키고 있는 식객 구 대협입니다."

"……"

헌원경은 마차를 몰던 구징효를 기억하고 있었다. 낭인들에게 둘러싸여 좋아하는 모습이 썩 좋아 보이지 않았다. 아니, 혀가 절로 차지는 광경이었다.

식객이라면 응당 황보성에게 먼저 보고를 하는 것이 순서이건만, 무식해 보이는 구징효는 아직까지 올라올 생각을 하지 않고 있었다.

"엉망이군."

"예?"

"혼잣말이니 가서 일보시게."

"…예."

촌장은 헌원경의 표정이 굳어지는 것을 보고 재빨리 자리를 떠났다.

헌원경은 손바닥을 폈다.

강호에서 팔십 년을 살아온 노고수의 손이라 하기엔 지나치게 깨끗했다. 평생 오로지 장법 하나만을 추구하고 발전시킨 결과였다.

'이 손으로 너희들을 지켜주마.'

헌원경은 손자들을 이제라도 만나게 된 것이 얼마나 다행인지 몰랐다. 지금까지 어느 한곳에 적을 두지 않고 살아온 이유는 순전히 도전해 오는 자들이 귀찮아서였다.

이젠 그럴 필요가 없었다.

앞으로는 손자들에게 조금이라도 위해를 가하는 자들이

있다면 용서하지 않을 생각이기 때문이다.

'성이 녀석의 몸을 살펴봤을 때는 크게 실망했으나, 소소의 근골은 뛰어나다.'

황보소소의 체형을 보는 순간 헌원경은 깜짝 놀랐다.

놀랍도록 균형이 잘 잡혀 헌원경의 무공을 이어받아도 될 정도로 훌륭했기 때문이다.

여자라는 점이 마음에 걸리지만 그것은 황보소소가 어떤 마음을 갖느냐에 따라 장점이 될 수도 있었다.

저녁 식사 때 황보성과 황보소소는 용악과 구징효는 물론이고 마을 사람 전부를 불러 모아 마당에서 잔치를 열었다.

"앞으로 황보세가에서 함께 지내게 될 저와 소소의 외할아버님이십니다."

황보성이 헌원경을 양손으로 정중하게 가리키며 사람들에게 알리자, 마을 사람들의 반응은 폭발적이었다. 모두들 헌원경이 삼살을 처리하는 광경을 본 탓이다.

헌원경은 자리에서 일어나 자애로운 웃음과 함께 사람들을 죽 훑어봤다.

"노부가 좀 더 빨리 손주들을 보러 왔다면 놈들은 감히 황보세가를 건드릴 엄두도 내지 못했을 게야. 성아, 소소야, 앞으론 아무 걱정할 것 없다. 내가 있는 한 누구도 황보세가에 해코지를 못할 테니까. 이 할아비가 약속하마."

헌원경의 약속에 황보성과 황보소소는 마주 보며 기쁨을 감추지 못했다. 하나 기쁨은 잠시였다.

황보성은 무공을 익히지 못하는 몸이었다. 그런 황보성을 보며 황보소소는 마음껏 기뻐할 수가 없었기 때문이다.

"이 할아비는 팔십 평생을 살면서 두 가지는 반드시 지켰다. 거짓말을 하지 않았고 신의를 저버리지 않았다. 그러기 위해서는 강해져야 했지."

말을 하던 헌원경이 바닥에 놓인 술병을 향해 슬쩍 손을 저었다.

그러자 술병 입구에서 술 줄기가 솟구치며 잔이 찰랑일 때까지 쏟아내고는 멈췄다.

멀리서 보면 헌원경이 술병을 들어 따랐다고 했을지도 모른다. 그만큼 쉽게 섭물진기를 펼친 것이다. 그것도 정확한 양 조절까지.

"큭!"

구징효가 먹으려고 집어 들었던 고기를 떨어뜨렸다.

철랑대원들에게 헌원경이 삼살을 한 방에 날려 버린 얘기를 들었을 때는 과장됐다고 여겼다. 하나 막상 헌원경의 신기를 눈앞에서 보자 생각이 달라졌다.

'기를 저 정도까지 다루다니 대단하군.'

용악은 이미 헌원경의 실력을 알고 있기에 놀라진 않았으나 대단한 실력이란 것은 인정하지 않을 수 없었다.

“자, 다 같이 한잔합시다. 허허허.”

헌원경이 잔을 높이 들었다.

용악은 물끄러미 앞에 놓인 술병을 바라보다 가볍게 툭 건 드렸다.

그러자 술병이 술을 토해냈다.

찰랑—

술잔에 넘치지 않을 정도의 양이었다.

헌원경이 보인 신기에 비해도 전혀 손색이 없는 훌륭한 신 기였다.

용악은 만족스러운 웃음을 지었다.

‘언제고 찢어야 하는 천마수가 오히려 도움이 되고 있군.’

풍령 악승이 말하길, 천마수는 마물이라고 했다. 그 마성을 가볍게 보면 언제고 먹힐 거라고.

용악의 상념이 천산을 떠나기 전으로 돌아가려 할 때였다. 갑자기 마을 사람들의 환호성이 터졌다. 헌원경을 환영하는 의미의 환호성이었다.

“용악, 나 좀 보자.”

술이 몇 순배 돌아갔을 때 즈음 계속해서 인상을 쓰고 있던 구징효가 자리에서 일어나 용악을 넌지시 불렀다.

“왜요?”

“아, 좀!”

구징효는 조용히 하라는 손짓과 함께 용악을 끌어내듯이 데리고 나왔다.

"무슨 일인데 그렇게 분위길 잡아요?"

"너, 저 영감이 누군지 아냐?"

"가주님과 황보 소저의 외할아버지라고 하잖아요."

"쿵. 그것 말고."

"뭐가 또 있나요?"

"있지."

구징효가 심각하게 고개를 끄덕였다.

"뭔데요?"

"예전에 내가 무쌍문에 몸담고 있을 때……."

갑자기 구징효의 목소리가 끊어졌다.

"무쌍문… 녀석들은 어떻게 하고 있을지 모르겠다……."

"구노?"

"문주도 없을 텐데……."

"구노!"

애기가 엉뚱한 데로 새려 하자 용악은 구징효가 엉뚱한 생각을 못하게 다시 불렀다.

"응? 아! 저 영감을 예전에 본 기억이 났다는 말을 하려고 했지."

"어디서 봤는데요?"

"영감이 삼살을 두 방에 잠재웠다는 말을 듣고 혈랑대 놈들을 몇 대 쥐어박았거든? 한데 아까 그 신기를 보고 나니까 한 사람이 떠오르더라. 그 정도 신기를 가볍게 펼칠 수 있는 사람이면서 부동명왕의 인상을 닮은 사람. 딱 느낌이 오더라. 사파의 삼마군 중 파천마군과 대결했던 사람이야."

"부동명왕은 뭐고 삼마군은 또 뭐예요?"

용악은 아무리 생각해도 헌원경이 부동명왕의 인상과 비슷하다는 말을 긍정할 수 없었다. 더구나 알지도 못하는 삼마군의 얘기까지 나오자 절로 짜증이 섞일 수밖에 없었다.

"부동명왕… 쿵. 그럴 수도 있겠다. 나도 첨엔 못 알아봤으니. 저 영감, 원래는 무지하게 인상 쓰고 다녀. 사파 녀석들이 알아서 비켜가도록 한다던가 뭐라던가. 그리고 삼마군은… 아, 왜, 저번에 황보 소저에게 설명했잖아. 삼왕 외엔 적수가 없다고 지랄하는 놈들이 있다고."

"아! 기억나요."

"저 영감, 장제였어."

"장제요?"

"응. 삼왕을 제외하고 정파 고수 중 최강으로 불리는 다섯 명의 고수, 오악무제 중 장제야. 틀림없어. 쿵. 저런 고수가 황보 가주의 외할아버지였다니……. 황보세가도 참 징그럽게 운이 없지 않냐? 장제가 외할아버지라는 것만 알려졌어도 지금처럼 되진 않았을 텐데."

"다행이네요."

황보세가로서는 다행스러운 일이라는 뜻이다.

"큭. 아니지. 다행일 수가 없지."

"……?"

"내가 말했잖느냐. 그때 그 얼굴이 아니라고. 오악무제는 적이 많아. 저렇게 태평한 얼굴로 한곳에 정착할 수 없는 자들이라고. 모르긴 해도 장제가 황보세가에 있다는 소문이 나면 아마 난리가 날걸?"

구징효의 말은 충분히 설득력이 있었다.

천산에서의 십 년.

처음에는 꺾을 상대를 찾아 헤맸고, 더 이상 꺾을 상대가 없어졌을 때부터는 반대로 꺾을 대상이 되었다.

천산을 떠올리자 그들이 생각났다.

'그들이 정말 천산을 넘어왔을까?

그들은 십천좌, 아니, 육천좌였다.

검왕과 용악을 넘지 않고선 천산을 내려가지 않겠다던 그들.

용악은 천산에 있다 그들과 싸웠지만 검왕은 그들이 넘어올 줄 알고 천산으로 왔었다. 검왕이라면 그들에 대해 많은 것을 알고 있을 것이다.

용악이 그들을 찾으려는 이유는 한 가지였다.

그들이 용악에게 한 약속을 어겼다면 그에 상응하는 대가를 치러야 한다는 것.

　마음 같아선 당장 검왕을 찾아 떠나고 싶었으나 지금은 황보세가를 떠날 수 있는 상황이 아니었다. 이대로 떠났다가는 언제 또다시 황보세가가 위험에 빠질지 모르는 까닭이다.

　어느새 용악의 머릿속에는 헌원경에 대한 생각은 사라지고 없었다.

　"크큭."

　구징효는 용악이 심각해지자 만족스러운 표정을 지으며 한껏 어깨를 으쓱거렸다.

　"구노, 어디 아파요?"

　"응? 아니?"

　"그런데 왜 어깨를 자꾸 들썩여요?"

　"큼. 아픈 게 아니라… 내 정보가 꽤나 괜찮다는 말을 아직 못 들어서 말이지. 크큭. 오래전 기억까지 떠올려 저 영감이 장제라는 것을 알아보지 않았느냐? 이 대단한 눈썰미에 대해 칭송까진 아니더라도 감탄은 해줘야 되는 것 아니냐?"

　"아……."

　"아? 마치 대단한 정보도 아니면서 으스댄다는 투로 들린다?"

　"훗."

　용악은 구징효를 보지도 않고 가볍게 웃으며 돌아섰다.

　"마, 맞다는 거냐!"

　구징효는 삐딱한 표정으로 소리쳤다.

그러자 용악은 마지못해 등 뒤의 구징효에게 엄지를 치켜 들어 주었다.

"큿. 진즉 그럴 것이지. 분위기나 잡고……."

구징효는 슬그머니 말을 흐렸다.

이 정도 했으면 뭔가 반응이 나와야 하는데 너무 싱겁게 끝 나고 말았기 때문이다.

'왜 저렇게 심각해?'

말로는 헌원경이 적이 많다고 했지만 실제로 오악무제에 게 덤빌 자는 거의 없었다. 오히려 평소의 용악이라면 구징효 의 말이 끝나기 전에 '오는 대로 처리하면 되죠'라며 구징효 의 복장 긁는 웃음을 지어야 정상이었다.

용악의 썰렁한 반응에 오히려 구징효가 심각해지고 말았 다.

그때, 구징효를 찾아 철랑대원들이 술병을 들고 나타났다. 엉덩이를 살랑거리며 술병을 흔드는 녀석들이 보기 좋을 리 가 없었다.

"내가 없으니 아주 살판이 난 모양이구나? 크큭."

"……!"

구징효를 향해 다가오던 낭인들의 표정이 갑자기 딱딱하 게 굳었다.

오늘은 마음껏 마시라고 한 지 불과 반 시진도 안 돼서 말 을 바꾸면 어쩌라는 건가?

낭인들은 서로를 돌아보더니 그대로 마당으로 내뺐다.

"이 맛인데 밀이야. 큭."

구정효는 철랑대원들의 모습에 그제야 기분이 풀어지는 것을 느꼈다.

용악은 헛간의 푹신한 짚 위로 몸을 눕히며 편안한 자세를 취했다.

태산을 떠나기 전에 종종 봤던 유성우가 눈에 들어왔다. 구멍 뚫린 틈으로 마치 쏟아지듯이 떨어지고 있었다.

남궁세가를 향해 출발해서 혁련휘지 부자의 무공을 폐하기까지 고단한 여정이었다.

'천산을 내려오게 된 것도, 황보세가를 돕게 된 것도 모두 그들 십천좌 때문이라니.'

우연치고는 너무도 공교로웠다.

그러다 엉뚱한 생각이 들어 상체를 일으켰다.

'그들과 연관되지 않은 일이 없다.'

혁련휘지로 인해 십이대세가가 모두 엮였고, 십이대세가와 연관된 중소 문파들이 연관됐다. 더구나 정도연합이라 할 수 있다는 여의단까지.

생각할수록 놀라운 일이었다.

십천좌가 천산을 넘어오지 않은 상태에서 이 정도의 세력화가 가능하다면, 만약 그들이 천산을 넘어와 직접 세력을 이

끊었을 때는 어떤 힘이 만들어진단 말인가?

생각이 거기까지 미치자 저녁때 구징효가 건넨 말이 새삼 떠올랐다.

"오악무제는 적이 많다."

이 말은 다시 말해 헌원경이 황보세가로 오면서 혁련휘지를 상대할 때보다 더 힘들어질 수도 있다는 뜻이기도 했다.

좀 더 생각이 깊어지려 할 때였다.

'응?

용악의 귀에 인기척이 들렸다.

누군가 헛간 쪽으로 다가왔다.

"용 소협……."

황보소소의 목소리였다.

용악은 일어나서 나가려 했다.

"…이 말씀은 꼭 드려야 할 것 같아서요."

이어지는 황보소소의 음성에 용악은 숨을 죽이며 그대로 굳은 채 가만히 있었다.

"이번 여행을 통해서 무언가를 결정하고 책임지는 것이 얼마나 어려운 일인지 알게 됐어요. 사실 그런 것은 저와 무관한 일인 줄 알았거든요. 저는 어떻게 했어야 할까요? 앞으로도 모를 거예요. 하지만 한 가지는 분명히 알 수 있었어요. 용 소협과 함께 있으면 굉장히 안심이 된다는 것. 감사하다는 말씀을 꼭 드리고 싶었어요. 주무세요.”

황보소소의 말이 멈췄다.

헛간 벽에 등을 기댔었는지 ‘끼익’ 하며 눌렸던 나무가 펴지며 소리를 냈다.

용악은 황보소소가 방으로 들어가는 소리를 듣고 난 후에야 조용히 웃었다. 그리고는 자리에 누워 양손을 머리에 댔다.

뿌듯함이 가슴에 담겼다.

아마도 오늘은 쉽게 잠을 이루기 힘들 것 같았다.

그래서였을까?

금방 황보소소가 오기 전의 상념으로 빠져들었다.

‘혁련휘지… 그 쥐새끼에게서 뭘 알아낼 수 있으려나? 그자는 육천좌에 대해서도 모르고 있는 것 같던데.’

혁련휘지와 혁련천을 데려간 사마화인이 떠올랐다.

이화유능제가 펼쳐지기도 전에 피한 유일한 자다.

빚을 갚으러 찾아온다고 했으니 기다리는 것도 재미있을 것 같았다.

*　　　*　　　*

여의단 총단 지하 암실.

중죄인들을 고문할 때 사용하는 석실들이 일렬로 늘어선 곳이다.

실내는 어두웠다.

"혁련휘지, 너는 어차피 대라신선이 와도 회복이 안 돼. 그럴 바엔 차라리 비밀을 털어놓고 여생을 네 아버지와 편히 사는 게 어때?"

사마화인은 아주 능숙하게 혁련휘지를 대했다.

갖고 있는 약점을 최대한 활용했고, 자존심을 건드려 발끈하게도 만들었다.

"…그게 다……."

혁련휘지는 며칠째 잠을 못 자 눈이 아렸다.

"아니잖아. 지금까지 잘해왔는데 포기하면 안 되지. 자, 알고 있는 걸 모두 말해봐. 삼살이 마지막이야? 더 있어?"

"……."

혁련휘지의 고개가 끄덕여졌다.

사마화인의 질문을 인정하는 것이 아니라 졸음을 참지 못해 저절로 끄덕인 것이다.

"불."

사마화인이 허리를 펴며 누군가에게 명령을 내렸다.

그러자 실내가 갑자기 환해지며 혁련휘지의 얼굴이 위를 향했다.

"으아아아!"

혁련휘지가 비명을 내질렀다.

빛이 사라진 공간에, 그것도 극도로 쇠약해진 시신경이 갑자기 빛에 노출되자 견디기 힘들 수밖에 없었다.

"화, 빙, 풍 그들 말고 더 있어, 없어? 눈을 크게 뜨도록 해 줘야 하려나……."

사마화인이 슬쩍 말꼬리를 늘였다.

"이, 있다."

혁련휘지는 결국 말을 하고 말았다.

번뜩!

사마화인의 눈이 빛을 뿜었다.

무려 삼 일 낮밤을 잠 못 자게 해서 붉게 만들었다.

"누구? 엉뚱한 소리 하면 어떻게 되는지 알지?"

"…악지군……."

혁련휘지의 대답에 사마화인의 안색이 갑자기 확 일그러졌다.

"악지군? 파천마군의 셋째 제자?"

"…나, 나는… 권좌… 그, 그는… 부좌… 화, 화 사부를… 만나게 해… 준 사람……."

혁련휘지는 말을 끝까지 잇지 못하고 그대로 혼절하고 말았다. 지난 삼 일간의 수순이라면 소금물을 뿌려 정신을 차리게 했겠으나 사마화인은 더 이상 들을 말이 없다고 판단했는지 석실을 나왔다.

힘을 가지고 있을 때는 그토록 오만하던 두 부자는 힘을 잃음과 동시에 의지조차 사라지고 말았다.

"악지군, 역시 그들과 관련이 있다고?"

사마화인은 심각해졌다.

파천마궁은 여의단이라도 함부로 건드릴 수 없는 사파 최고의 세력 중 한곳이었다. 사파라서 부담스러운 것은 아니었다.

'그들' 이 사파 최고의 세력까지 침투해 들어가 있다는 사실이 당황스러운 것이다.

사마화인은 집무실로 들어가자마자 정보전주 상민균을 불러들였다.

잠시 후, 깔끔한 인상의 중년인이 찾아왔다.

"부르셨습니까, 총령님."

"상 전주, 최근 사파의 동향에 대해 듣고 싶소."

"사파라면 어디를 말씀하시는지요."

"전부."

"어느 정도까지 원하십니까?"

"파천마궁, 수라혈, 사림의 최근 움직임."

"파천마궁에 대해 먼저 말씀드리겠습니다."

상민균은 곧바로 입을 열었다.

강호의 웬만한 대소사는 그의 머릿속에 있다고 해도 과언이 아니었다. 특히 최근 일이라면 문서를 보지 않아도 암기하는 데 큰 지장이 없었다.

"대제자 공투는 아직 폐관을 마치지 않았으니 제외시키겠습니다. 이제자 적완은 파천마군을 대신해 파천마궁의 대소사를 관장하고 있고, 삼제자 악지군은 수라혈과 사림을 감시하는 데 여념이 없으며, 사제자 미려는 정파의 동향을 살피느라 파천마궁을 떠나 있습니다. 수라혈은……."

"됐소, 상 전주. 그 정도면 충분하오."

사마화인은 손을 들어 상민균의 말을 멈추게 했다가 미간을 찌푸리며 말을 이었다.

"상 전주, 혹시 악지군과 미려의 관계를 아시오?"

"이 년 전까지만 해도 미려는 이제자 적완과 한 침실을 사용했습니다."

"이 년 전까지?"

"지금은 악지군과 한 침실을 사용합니다."

"그렇군."

사마화인의 눈동자가 빠르게 좌우로 돌아갔다.

"상 전주, 미려의 위치를 최대한 빨리 수소문해 알려주시오."

"알겠습니다."

'혁련휘지의 말을 그대로 믿을 수는 없다. 하나 사실이라면 심각해진다. 그들의 마수가 정파와 사파를 가리지 않고 침투해 있다면… 여의단도 안전지대는 아니다!

사마화인은 침중해지고 말았다.

빙과 싸워본 입장에서 그들의 무공이 얼마나 무서운지 잘 아는 까닭이다.

빙이 만약 여의단에 정체를 감추고 있다면 과연 몇이나 그녀의 마수를 막아낼 수 있겠는가?

"총령님, 정보전에서 뵙기를 청합니다."

"들여보내라."

안으로 들어온 자는 십대 중반의 소년이었다.

"현재 미려는 산서성 파천마궁으로 향하는 중이라고 합니다."

"산서성?"

사마화인은 예측이 어긋나자 인상을 썼다.

"미려는 그렇습니다. 한데 이상한 움직임이 있습니다."

"뭐냐?"

"파천마궁의 호법 중 셋이 산동성으로 향하고 있다고 합니다."

"산동성? 정확한 행선지는?"

"필요하시다면 들어오는 대로 말씀드리겠습니다."

"서둘러라."

"예."

소년이 물러가고도 사마화인의 표정은 풀리지 않았다.

파천마궁에는 총 여덟 명의 호법이 있었다. 그들 중 셋이 한꺼번에 움직일 정도라면 산동성에 뭔가 대단한 사건이 벌어져야 했다.

"산동 지부에 알려 최근 그곳에서 벌어지고 있는 일을 모두 보고하라고 전해."

"알겠습니다, 총령님."

밖에서 듣고 있던 비녀가 대답한 후 어딘가로 움직이는 소리가 들렸다.

산동성에는 태산이 있고, 태산에는 사마화인이 만나고 싶은 인간이 있었다. 한순간이었지만 사마화인으로 하여금 위화감이란 것을 느끼게 해준 고마운 인간, 용악이 그곳에 있었다.

*　　　*　　　*

폐허가 된 혁련세가.

그 화려한 명성은 부서진 건물처럼 스러졌다.

폐허 위로 두 사람이 모습을 드러냈다.

서른 초반의 사내와 칠순은 되어 보이는 노인.

사내는 무척 마른 편이었다.

어깨까지 내려온 머리칼이 얼굴의 반을 가리고 있어 작은 얼굴이 더 작아 보였다. 옷은 헐렁거리며 바닥을 쓸 정도로 길었다.

톡. 톡.

노인은 뒷짐 진 채로 손등을 두드렸다.

"봄이 지난 지가 언젠데 벌써 추워지는지……."

하는 행동은 무척 여유있어 보이는데 목소리는 얼음장처럼 차가웠다.

"완전히 무너졌습니다."

"그래, 안 된 일이지. 우리에게도, 그들에게도."

노인은 폐허가 된 혁련세가를 감상하듯 둘러봤다. 하나 노인의 표정에는 안쓰러운 감정은 전혀 보이지 않았다.

"여의단에서 혁련 부자를 데려갔다고 합니다."

"여의단? 사마화인이란 녀석이 결국 파고드는구나. 그래선 곤란한데 말이지."

"곁가지들이 떨어져 나가니 보였을 수도 있습니다."

"후후후, 예가 그럴싸하구나. 그럴 수도 있겠지. 감추는 것이 쉬웠으면 그동안 드러나지 않았을 리 없으니."

노인은 탄식하듯 숨을 내쉬며 고개를 가로저었다.

사내가 말하는 곁가지는 안휘성에서 죽은 화, 빙, 풍이었다. 도좌와 권좌의 무공을 제대로 잇지 못한 그들로는 이번 일 자체가 무리였다.

그 말을 해주러 노인이 그들 셋을 직접 찾아가 만류했지만 그들은 말을 듣지 않았다.

"그들이 할 수 있는 일이었다면 십인회가 벌써 시작했겠지. 쯧쯧. 어리석은 사람들……."

노인이 부좌의 무공을 익힌 지 오십 년.

십인회를 주관하는 열 명 중 일인이었다.

나머지 구 인을 제외하면 현 강호에서 그를 두렵게 할 자는
거의 없었다. 그런 그도 움직이지 않고 때를 기다리고 있었
다.

"그래도 여의단에서 도좌와 권좌의 무공을 깼다는 사실이
믿기지 않습니다, 사부……!"

사내는 말을 하다 급히 입을 다물었다.

어느새 노인이 파리한 눈으로 사내를 돌아보고 있었기 때
문이다.

"군아, 무슨 소리냐? 도좌와 권좌의 무공이 깨져? 금시초문
이구나. 단지 도좌와 권좌의 무공을 어설프게 이은 그들이 죽
은 것뿐이다. 더구나……."

노인은 잠시 말을 멈췄다.

화, 빙, 풍의 시체를 일일이 살펴본 결과를 사내에게 말해
줘야 할지 고민하는 것이다.

"죄, 죄송합니다, 사부님. 사부님의 말씀대로입니다."

사내는 노인이 말을 멈추자 급히 바닥에 무릎을 꿇고 외쳤
다.

'여의단의 무공은 유리붕권 풍을 사용하는 여자에게만 발
견됐다. 조력자가 더 있었다는 뜻이지. 뭐, 그래 봐야 상관없

지만.'

노인은 사내의 행동은 본 척도 않고 낮은 한숨과 함께 시선을 허공에 두었다.

"…때가 되기는 했지."

"……!"

"네겐 이제야 말하지만 십인회에선 결정을 내렸다."

"……?"

"그들이 벌인 일로 인해 어차피 강호에는 그분의 무공이 드러날 수밖에 없다. 그렇다면 굳이 감출 이유가 없게 된다. 오히려 십인회가 정식으로 활동하는 계기가 될지도 모르지. 그분들께서 천산에서 내려오시면 곧바로 천하를 접수할 수 있도록 말이다. 그래, 일부일혈(一斧一血)의 성취는 어느 정도 됐느냐?"

"예? 삼, 삼부절(三斧切)까지 완성했습니다."

"칠성이라……. 그 정도면 능히 여의단에서 혁련 부자를 빼올 수 있겠구나. 그렇지?"

"무, 물론입니다."

"빼내올 수 없으면 입을 막아라."

"맡겨주십시오."

사내는 대답을 한 후 고개를 들었다.

무언가 물어보고 싶은 눈이었다.

"사부님, 그분들께선……."

노인의 얼굴이 갑자기 굳어졌다.

사내는 아차 싶은 생각과 동시에 입을 다물었다.

"그분들? 후후후. 군아, 뭐가 궁금한 게냐?"

노인은 손자의 재롱이라도 지켜보는 것처럼 편안한 눈으로 사내를 쳐다봤다.

"그, 그……."

사내는 머리를 짓누르는 암류에 감히 말을 꺼내기조차 힘들었다.

"그분들에 대해 궁금해하지 마라. 그분들을 천산까지 밀어 넬 때 동원된 강호인의 수가 얼마나 되는지 아느냐?"

"전 강호인이라고 하셨습니다."

"맞다, 강호인 전부였다! 그분들이 다시 천산을 통해 강호로 들어오려 하신다. 누가 감히 막겠느냐?"

강한 기운이 노인의 전신을 휘감았다.

그러나 고개 숙인 사내의 눈에는 감격이 아닌 다른 감정이 떠올라 있었다.

'천산마제와 검왕.'

사내는 속으로 대답했다.

그토록 대단한 사람들을 단둘이서 막아냈다는 사실을 십천좌의 무공을 익힌 사람 중에는 모르는 이가 없었다.

'파천마궁의 정보에 의하면 분명 그날 천산에서 큰 싸움이 있은 후, 천산을 내려온 사람은 없었다. 소문에는 천산마제와

검왕이 싸웠다고 하지만 그것은 모르는 소리. 분명 그 둘은 십천좌와 관계가 있다.'

사내는 파천신궁의 정보를 언제든 볼 수 있는 권리를 가지고 있었다. 바로 파천신궁의 셋째 제자 악지군이기 때문이다.

'곧 알게 되겠지.'

악지군은 미려를 떠올렸다.

파천마궁 사람들은 그녀가 산서성에서 돌아오는 길이라고 알고 있으나, 그 외에 악지군이 시킨 일이 따로 있었다.

'십인회를 알릴 제물은… 너희들이다.'

노인의 시선은 그 어느 곳에도 머물지 않았다.

멀리, 이미 죽어서 썩어갈 화, 빙, 풍을 생각하고 있었다.

십인회의 부좌를 맡고 있는 부절 외혁우.

노인의 신분이자 진정한 십천좌의 절기를 이은 열 명 중 한 명이었다.

〈제2권 끝〉

참마도 작가!! 그가 『무사 곽우』에 이어
다섯 번째 강호 이야기를 새롭게 풀어내다!!

"길의 중앙에서 멋지게 서서 당당히 걸어가래.
사람으로 태어난 이상 그 누구도 당당하게 살아갈 권리는 있다고 말이야."

단야의 오른손이 꽉 쥐어졌다. 멸것도 아닌 말이다.
하나 이토록 마음에 남는 소리는 없었다.
사람으로 태어나서……

요물, 괴물.
나이를 먹지 않는 월홍과 얼굴이 징그럽게 망가진 단야.
그들 앞에 펼쳐진 강호란……!

유행이 아닌 자유추구 -
WWW. chungeoram.com
B o o k   P u b l i s h i n g   C H U N G E O R A M

무림군자

장진영 新무협 판타지 소설

무림은 그를 영웅이라 불렀고,
그는 자신을 소안이라 칭했다.

"사람이 가져야 할 것 중 가장 기본은 인의(人義). 자신이 정한 바를 흔들림없이 나아가는
것이 바로 군자의 도(道)다."

얽히고설킨 그들의 인연에 의해 시간의 수레바퀴가 돌아가고,
숨죽였던 무림이 풍룡과 함께 웅대한 날개를 펼친다!!

검의 길을 걷길 원했지만, 태생적인 한계로
꿈을 접어야 했던 치유사 랑스.
그러나 결코 접을 수 없었던 지고(至高)의 꿈을 위해,
자신이 가진 모든 재능을 이용해 최강의 적과 맞서 싸운다!

총탄과 포탄과 마법이 난무하는 전장의 한복판을 지배하는 최강의 전력 기사!
그런 기사에 맞서기 위해, 랑스는 금지된 힘에 손을 대고야 마는데…….

과학과 문명이 발달된 새로운 판타지의 전쟁!

THE PANDORA COMPANY

PANDORA

판도라

류승현 퓨전 판타지 소설

제국 帝國
무산전기
허담 新무협 판타지 소설

신황 단목천의 전무후무한 무림제국이 홀연히 붕괴한 후 삼백 년,
강호의 혼란을 종식시키고자 새롭게 등장한 무산(武山) 천의맹!
그 천의맹에 대변혁의 바람이 분다.

신황 단목천의 영광을 재현하려는 무림의 영웅들!
과연 새로운 무림제국은 다시 탄생할 수 있을 것인가?

그 혼란의 폭풍 속으로 독각수 적풍이 걸어 들어간다.
적풍과 함께 떠나는
파란만장한 강호의 대서사시!

유행이 아닌 자유추구—
WWW.chungeoram.com
Book Publishing CHUNGEORAM